U0961510

宗璞 著

我生命中的那些人物

中国出版集团
東方出版中心

图书在版编目（CIP）数据

我生命中的那些人物/宗璞著.—上海:东方出版中心，2017.1（2020.5 重印）

ISBN 978-7-5473-1053-3

Ⅰ.①我…　Ⅱ.①宗…　Ⅲ.①散文集—中国—当代 Ⅳ.①I267

中国版本图书馆CIP数据核字（2016）第283293号

我生命中的那些人物

出版发行　东方出版中心
地　　址　上海市仙霞路345号
邮政编码　200336
电　　话　021-62417400
印 刷 者　三河市德鑫印刷有限公司

开　　本　787mm×1092mm　1/32
印　　张　6.125
字　　数　112千字
版　　次　2017年1月第1版
印　　次　2020年5月第5次印刷
定　　价　20.00元

目　录

岁时风物

山河入梦来

我生活过的地方

我生命中的那些人物

一只小蚂蚁的敬礼

岁时风物

报　秋

似乎刚过完了春节，什么都还来不及干呢，已是长夏天气，让人懒洋洋的像只猫。一家人夏衣尚未打点好，猛然却见玉簪花那雪白的圆鼓鼓的棒槌，从拥挤着的宽大的绿叶中探出头来。我先是一惊，随即怅然。这花一开，没几天便是立秋。以后便是处暑便是白露便是秋分便是寒露，过了霜降，便立冬了。真真的怎么得了！

一朵花苞钻出来，一个柄上的好几朵都跟上。花苞很有精神，越长越长，成为玉簪花模样。开放都在晚间，一朵持续一昼夜。六片清雅修长的花瓣围着花蕊，当中的一株顶着一点嫩黄，颤颤地望着自己雪白的小窝。

这花的生命力极强，随便种种，总会活的。不挑地方，不拣土壤，而且特别喜欢背阴处，把阳光让给别人，很是谦让。据说花瓣可以入药。还有人来讨那叶子，要捣烂了治脚气。我说它是生活上向下比，工作上向上比，算是一种玉簪花精神罢。

我喜欢花，却没有侍弄花的闲情。因有自知之明，不敢邀名花居留，只有时要点草花种种。有一种太阳花，又名“死不了”，开时五色缤纷，杂在草间很好看。种了几次，都不成功。“连‘死不了’都种死了”，我们常这样自嘲。

玉簪花却不同，从不要人照料，只管自己蓬勃生长。往后院月洞门小径的两旁，随便移栽了几个嫩芽，次年便有绿叶白花，点缀着夏末秋初的景致。我的房门外有一小块地，原有两行花，现已形成一片，绿油油的，完全遮住了地面。在晨光熹微或暮色朦胧中，一柄柄白花擎起，隐约如绿波上的白帆，不知驶向何方。有些植物的繁茂枝叶中，会藏着一些小活物，吓人一跳。玉簪花下却总是干净的，可能因气味的缘故，不容虫豸近身。

花开到十几朵，满院便飘着芳香。不是丁香的幽香，不是桂花的甜香，也不是荷花的那种清香。它的香比较强，似乎有点醒脑的作用。采几朵放在养石子的水盆中，房间里便也飘散着香气，让人减少几分懒洋洋，让人心里警惕着：秋来了。

秋是收获的季节，我却两手空空。一年两年过去了，总是在不安和焦虑中。怪谁呢，很难回答。

久居异乡的兄长，业余喜好诗词。前天寄来南宋词人朱敦儒的那首《西江月》。原文是：

日日深杯酒满，朝朝小圃花开。自歌自舞自开怀，且喜无拘无碍。

青史几番春梦，黄泉多少奇才。不须计较与安排，领取而今现在。

若照他译的英文再译回来，最后一句是认命的意思。这意思有，但似不够完全，我把“领取而今现在”一句反复吟哦，觉得这是一种悠然自得的境界。其实不必深杯酒满，不必小圃花开，只在心中领取，便得逍遥。

领取自己那一份，也有品味、把玩、获得的意思。那么，领取秋，领取冬，领取四季，领取生活罢。

那第一朵花出现已一周，凋谢了，可是别的一朵一朵在接上来。圆鼓鼓的花苞，盛开了的花朵，由一个个柄擎着，在绿波上漂浮。

送　春

说起燕园的野花，声势最为浩大的，要属二月兰了。它们本是很单薄的，脆弱的茎，几片叶子，顶上开着小朵小朵简单的花，可是开成一大片，就形成春光中重要的色调。阴历二月，它们已探头探脑地出现在地上，然后忽然一下子就成了一大片。一大片深紫浅紫的颜色，不知为什么总有点朦胧。房前屋后，路边沟沿，都让它们占据了，熏染了。看起来，好像比它们实际占的地盘还要大。微风过处，花面起伏，丰富的各种层次的紫色一闪一闪地滚动着，仿佛还要到别处去涂抹。

没有人种过这花，但它每年都大开而特开。童年在清华，屋旁小溪边便是它们的世界。人们不在意有这些花，它们也不在意人们是否在意，只管尽情地开放。那多变化的紫色贯穿了我所经历的几十个春天，只在昆明那几年让白色的木香花代替了。木香花以后的岁月，便定格在燕园，而燕园的明媚春光，是少不了二月兰的。

斯诺墓所在的小山后面，人迹罕到，便成了二月兰的天下。从路边到山坡，在树与树之间，挤满花朵。有一小块颜色很深，像需要些水化一化；有一小块颜色很浅，近乎白色。在深色中有浅色的花朵，形成一些小亮点儿；在浅色中又有深色的笔触，免得它太轻灵。深深浅浅连成一片。这条路我也是不常走的，但每到春天，总要多来几回，看看这些小友。

其实我家近处，便有大片二月兰。各芳邻门前都有特色，有人从荷兰带回郁金香，有人从近处花圃移来各色花草。这家因主人年老，儿孙远居海外，没有人侍弄园子，倒给了二月兰充分发展的机会。春来开得满园，像一大块花毡，衬着边上的绿松墙。花朵们往松墙的缝隙间直挤过去，稳重的松树也似在含笑望着它们。

这花开得好放肆！我心里说。我家屋后，一条弯弯的石径两侧，直到后窗下，每到春来，都是二月兰的领地。面积虽小，也在尽情抛洒春光。不想一次有人来收拾院子，给枯草烧了一把火，说也要给野花立规矩。次年春天便不见了二月兰，它受不了规矩，野草却依旧猛长。我简直想给二月兰写信，邀请它们重返家园。信是无处投递，乃特地从附近移了几棵，尚未见功效。

许多人不知道二月兰为何许花，甚至语文教科书的插图也把它画成兰花模样。兰花素有花中君子之称，品高香幽。二月兰虽也有个兰字，可完全与兰花没有关系，也不想攀高枝，只悄悄从泥土中钻出来，如火如荼点缀了春光，又悄悄落尽。我曾建议一年轻画徒，画一画这野花，最好用水彩，用印象派手法。年轻人交来一幅画稿，在灰暗的背景中只有一枝伶仃的花，又依照“现代”眼光，在花旁画了一个破竹篮。

“这不是二月兰的典型姿态。”我心里评判着。二月兰是一大片一大片的，千军万马。身躯瘦弱，地位卑下，却高扬着活力，看了让人透不过气来。而且它们不只开得隆重茂盛、尽情尽性，还有持久的精神，这是今春才悟到的。

因为病，因为懒，常几日不出房门。整个春天各种花开花谢，来去匆匆，有的便不得见。却总见二月兰不动声色地开在那里，似乎随时在等候，问一句：“你好些了吗？”

又是一次小病后，在园中行走。忽觉绿色满眼，已为遮蔽炎热做准备。走到二月兰的领地时，不见花朵，只剩下绿色直连到松墙。好像原有一大张绚烂的彩画，现在掀过去了，卷起来了，放在什么地方，以待来年。

我知道，春归去了。

在领地边徘徊了一会儿，忽然意识到二月兰的忠心和执着。从春如十三女儿学绣时，它便开花，直到雨僝风僽，春深春老。它迎春来，伴春在，送春去。古诗云“开到荼蘼花事了”，我始终不知荼蘼是个什么样儿，却亲见二月兰蓦然消失，是春归的一个指征。

迎春人人欢喜，有谁喜欢送春？忠心的、执着的二月兰没有推托这个任务。

丁香结

今年的丁香花似乎开得格外茂盛，城里城外，都是一样。城里街旁，尘土纷嚣之间，忽然呈出两片雪白，顿使人眼前一亮，再仔细看，才知是两行丁香花。有的宅院里探出半树银装，星星般的小花缀满枝头，从墙上窥着行人，惹得人走过了，还要回头望。

城外校园里丁香更多。最好的是图书馆北面的丁香三角地，种有十数棵白丁香和紫丁香。月光下，白的潇洒，紫的朦胧，还有淡淡的幽雅的甜香，非桂非兰，在夜色中也能让人分辨出，这是丁香。

在我断续住了近三十年的斗室外，有三棵白丁香。每到春来，伏案时抬头便看见檐前积雪。雪色映进窗来，香气直透毫端。人也似乎轻灵得多，不那么混浊笨拙了。从外面回来时，最先映入眼帘的，也是那一片莹白，白下面透出参差的绿，然后才见那两扇红窗。我经历过的春光，几乎都是和这几树丁香联系在一起的。那十字小白花，那样小，却不显得单薄。许多小花形成一簇，许多簇花开满一树，遮掩着我的窗，照耀着我的文思和梦想。

古人诗云:“芭蕉不展丁香结”、“丁香空结雨中愁”。在细雨迷蒙中,着了水滴的丁香格外妩媚。花墙边两株紫色的,如同印象派的画,线条模糊了,直向窗前的莹白渗过来。让人觉得,丁香确实该和微雨连在一起。

只是赏过这么多年的丁香,却一直不解,何以古人发明了丁香结的说法。今年一次春雨,久立窗前,望着斜伸过来的丁香枝条上一柄花蕾。小小的花苞圆圆的,鼓鼓的,恰如衣襟上的盘花扣。我才恍然,果然是丁香结!

丁香结,这三个字给人许多想象。再联想到那些诗句,真觉得它们负担着解不开的愁怨了。每个人一辈子都有许多不顺心的事,一件完了一件又来。所以丁香结年年都有。结,是解不完的,人生中的问题也是解不完的,不然,岂不是太平淡无味了么?

小文成后一直搁置,转眼春光已逝。要看满城丁香,须待来年了。来年又有新的结待人去解——谁知道是否解得开呢?

比尔建亚

我家有一盆花，已经有三十多年了。一丛草花，活了三十多岁，也算高寿。更何况我很少管它，几乎连水也不浇，只在深秋时把它移进室内，春暖时搬出去，这是最多的照顾了。它却活得很起劲，不知什么时候，就会在绿叶中透出一枝枝嫩红的笔杆状的花苞，然后开出一串串吊钟样的花朵。有时在冬天，有时在春天，谁也记不准它开花的节令。

这花名唤比尔建亚，还是一九六六年以前，我在遒兹府居住时，在崇文门花店买的。我想不起当初为什么要买这盆花，只记得随口问了花名，答称“比尔建亚”。这名字相当古怪，究竟是哪四个字，不得而知，后来也没有去请教植物学家。一晃三十多年过去了，看过它的人，许多都离开了这个世界，比尔建亚还顽强地活着，没有要离开的意思。

我们很用心地养过一盆蟹爪莲，上上下下几层红花，煞是好看，可是稍一怠慢，就活不成，后来盆也不知哪里去了。我们也养水仙，常常是朋友送的能装点满室清雅，自己养的则总落得一簇青蒜似的叶子。今年，我们的水仙不见花苞，想着只有等桃李争春了。不料在杂物间里过冬的几盆绿色植物中，忽然透出一道道娇红，笔杆样的，十分精神。

这是比尔建亚，那娇红的笔杆状的花苞，有的已经绽开，露出一挂挂的小吊钟，花是黄的，有一道深绿的边，花蕊很长。我望着它，心中充满了诧异和敬意。

过了三十多年才忽然意识到，我从未见过另一盆这样的花，所有见过它的人也都说是第一次见。照说该以奇花异草的规格待它，但是我想不起来，它呢，也不计较。

好一朵木槿花

又是一年秋来，洁白的玉簪花挟着凉意，先透出冰雪的消息。美人蕉也在这时开放了，红的黄的花，耸立在阔大的绿叶上，一点不在乎秋的肃杀。以前我有“美人蕉不美”的说法，现在很想收回。接下来该是紫薇和木槿。在我家这以草为主的小园中，它们是外来户。偶然得来的枝条，偶然插入土中，它们就偶然地生长起来。紫薇似娇气些，始终未见花。木槿则已两度花发了。

木槿以前给我的印象是平庸。“文革”中许多花木惨遭摧残，它却得全性命，陪伴着显赫一时的文冠果，免得那钦定植物太孤单。据说原因是它的花可食用，大概总比草根树皮好些吧。学生浴室边的路上，两行树挺立着，花开有紫、红、白等色，我从未仔细看过。

近两年木槿在这小园中两度花发，不同凡响。

前年秋至，我家刚从死别的悲痛中缓过气来不久，又面临了少年人的生之困惑。我们不知道下一分钟会发生什么事，陷入极端惶恐中。我在坐立不安时，只好到草园踱步。那时园中荒草没膝，除了我们的基本队伍亲爱的玉簪花外，只有两树忍冬，结了小红果子，玛瑙扣子似的，一簇簇挂着。我没有指望还能看见别的什么颜色。

忽然在绿草间，闪出一点紫色，亮亮的，轻轻的，在眼前转了几转。我忙拨开草丛走过去，见一朵紫色的花缀在不高的绿枝上。

这是木槿。木槿开花了，而且是紫色的。

木槿花的三种颜色，以紫色最好。那红色极不正，好像颜料没有调好；白色的花，有老伙伴玉簪已经够了。最愿见到的是紫色的，好和早春的二月兰、初夏的藤萝相呼应，让紫色的幻想充满在小园中，让风吹走悲伤，让梦留着。

惊喜之余，我小心地除去它周围的杂草，做出一个浅坑，浇上水。水很快渗下去了。一阵风过，草面漾出绿色的波浪，薄如蝉翼的娇嫩的紫花在一片绿波中歪着头，带点调皮，却丝毫不知道自己显得很奇特。

去年，月圆过四五次后，几经洗劫的小园又一次遭受磨难。园旁小兴土木，盖一座大有用途的小楼。泥土、砖块、钢筋、木条全堆在园里，像是凌乱地长出一座座小山，把植物全压在底下。我已习惯了这类景象，知道毁去了以后，总会有新的开始，尽管等的时间会很长。

没想到秋来时，一次走在这崎岖山路上，忽见土山一侧，透过砖块钢筋伸出几条绿枝，绿枝上，一朵紫色的花正在颤颤地开放!

我的心也震颤起来,一种悲壮的感觉攫住了我。土埋大半截了,还开花!

土埋大半截了,还开花!

我跨过障碍,走近去看这朵从重压下挣扎出来的花。仍是娇嫩的薄如蝉翼的花瓣,略有皱褶,似乎在花蒂处有一根带子束住,却又舒展自得,它不觉环境的艰难,更不觉自己的奇特。

忽然觉得这是一朵童话中的花,拿着它,任何愿望都会实现,因为持有的是面对一切苦难的勇气。

紫色的流光抛撒开来,笼罩了凌乱的工地。那朵花冉冉升起,倚着明亮的紫霞,微笑地俯看着我。

今年果然又有一个开始。小园经过整治,不再以草为主,所以有了对美人蕉的新认识。那株木槿高了许多,枝繁叶茂,但是重阳已届,仍不见花。

我常在它身旁徘徊,期待着震撼了我的那朵花。

它不再来。

即使再有花开,也不是去年的那一朵了。也许需要纪念碑,纪念那逝去了的,昔日的悲壮?

紫藤萝瀑布

我不由得停住了脚步。

从未见过开得这样盛的藤萝，只见一片辉煌的淡紫色，像一条瀑布，从空中垂下，不见其发端，也不见其终极，只是深深浅浅的紫，仿佛在流动，在欢笑，在不停地生长。紫色的大条幅上，泛着点点银光，就像迸溅的水花。仔细看时，才知那是每一朵紫花中的最浅淡的部分，在和阳光互相挑逗。

这里春红已谢，没有赏花的人群，也没有蜂围蝶阵。有的就是这一树闪光的、盛开的藤萝。花朵儿一串挨着一串，一朵接着一朵，彼此推着挤着，好不活泼热闹！

“我在开花！”它们在笑。

“我在开花！”它们嚷嚷。

每一穗花都是上面的盛开，下面的待放。颜色便上浅下深，好像那紫色沉淀下来了，沉淀在最嫩最小的花苞里。每一朵盛开的花像是一个张满了的小小的帆，帆下带着尖底的船，船舱鼓鼓的；又像一个忍俊不禁的笑容，就要绽开似的。那里装的是什么仙露琼浆？我凑上去，想摘一朵。

但是我没有摘。我没有摘花的习惯。我只是伫立凝望，觉得这一条紫藤萝瀑布不只在我眼前，也在我心上缓缓流过。流着流着，它带走了这些时一直压在我心上的焦虑和悲痛，那是关于生死谜、手足情的。我浸在这繁密的花朵的光辉中，别的一切暂时都不存在，有的只是精神的宁静和生的喜悦。

这里除了光彩，还有淡淡的芳香，香气似乎也是浅紫色的，梦幻一般轻轻地笼罩着我。忽然记起十多年前家门外也曾有过一大株紫藤萝，它依傍着一株枯槐，爬得很高，但花朵从来都稀落，东一穗西一串伶仃地挂在树梢，好像在察言观色，试探什么，后来索性连那稀零的花串也没有了。园中别的紫藤花架也都拆掉，改种了果树。那时的说法是，花和生活腐化有什么必然关系。我曾遗憾地想：这里再看不见藤萝花了。

过了这么多年，藤萝又开花了，而且开得这样盛，这样密，紫色的瀑布遮住了粗壮的盘虬卧龙般的枝干，不断地流着，流着，流向人的心底。

花和人都会遇到各种各样的不幸，但是生命的长河是无止境的。我抚摸了一下那小小的紫色的花舱，那里满装生命的酒酿，它张满了帆，在这闪光的花的河流上航行。它是万花中的一朵，也正是由每一个一朵，组成了万花灿烂的流动的瀑布。

在这浅紫色的光辉和浅紫色的芳香中，我不觉加快了脚步。

二十四番花信

今年春来早，繁忙的花事也提早开始，较常年约早一个节气。没有乍暖还寒，没有春寒料峭。一天，在钟亭小山下散步，忽见乾隆御碑旁边那树桃花已经盛开。我常说桃花冒着春寒开放很是勇敢，今年开得轻易不需要很大勇气，只是衬着背后光秃的土山，还可以显出它是报春的先行者。

迎春、连翘争相开花，黄灿灿的一片。我很长时期弄不清这两种植物的区别，常常张冠李戴，未免有些烦恼，也曾在别的文章里写过。最近终于弄清，迎春的枝条呈拱形，有角棱，连翘的枝条中空。原以为我家月洞门的黄花是迎春，其实是连翘，有仲折来的中空的枝条为证。

报春少不了二月兰。今年二月兰又逢大年，各家园子里都是一大片紫色的地毯。它们有一种淡淡的香气，显然是野花的香气。去冬，往病房送过一株风信子，也是这样的气味。

榆叶梅跟着开了，附近的几株都是我们的朋友，哪一株大，哪一株小，哪一株颜色深，哪一株颜色浅，我们都再熟悉不过。园边一排树中，有一株很高大，花的颜色也深，原来不求甚解地以为它是榆叶梅中的一种。今年才知道，这是一棵朱砂碧桃。“天上碧桃和露种”，当然是名贵的，它若知我一直把它看作榆叶梅，可能会大大地不高兴。

紧接着便是那若有若无的幽香提醒着丁香上场了。窗前的一株已伴我四十余年。以前伏案写作时，只觉香气直透毫端，花墙边的一株是我手植，现在已高过花墙许多。几树丁香都不是往年那种微雨中淡淡的情调，而是尽情地开放，满树雪白的花，简直是光华夺目。我已不再持毫，缠绕我的是病痛和焦虑，幸有这光亮和香气，透过黑夜，沁进窗来，稍稍抚慰着我不安的梦。

我为病所拘，只能就近寻春，以为看不到玉兰和海棠了。不想，旧地质楼前忽见一株海棠正在怒放，迎着我们的漫步。燕园本来有好几株大海棠，不知它们犯了何罪，“文革”中统统被砍去，现在这一株大概是后来补种的。海棠的花最当得起“花团锦簇”这几个字。东坡诗句“只恐夜深花睡去，故烧高烛照红妆”，照的就是海棠。海棠虽美，只是无香，古人认为这是一大憾事。若是无香要扣分，花的美貌也可以平均过来了。再想想，世事怎能都那么圆满。

又一天，走到临湖轩，见那高松墙变成了短绿篱，门开着，便走进去，晴空中见一根光亮的蛛丝在袅动，忽然想起《牡丹亭》中那句“袅晴丝，吹来闲庭院，摇漾春如线”。这句子可怎么翻译，我多管闲事地发愁。上了台阶，本来是空空的庭院，现在觉得眼睛里很满，原来是两株高大的玉兰，不知何时种的。玉兰正在开花，虽已过了最盛期，仍是满树雪白。那白花和丁香不同，显得凝重得多。地下片片落花也各有姿态，我们看了树上的花，又把脚下的花看了片刻。

蔡元培像旁有一株树，叶子是红的，我们叫它红叶李。从临湖轩出来走到这里，忽见它也是满树的花。又过了两天，再去寻时，已经一朵花也看不见了。真令人诧异不止。

“我一生儿，爱好是天然。”花朵怎能老在枝头呢，万物消长是大自然的规律。

柳絮开始乱扑人面。我和仲走在小路上，踏着春光，小心翼翼地，珍惜地。不知何时，那棵朱砂碧桃的满树繁花也已谢尽，枝条空空的，连地上也不见花瓣。别的花也会跟着退场的。有上场，有退场，人，也是一样。

萤　火

点点银白的、灵动的光，在草丛中飘浮。草丛中有各色的野花：黄的野菊、浅紫的二月兰、淡蓝的“毋忘我”。还有一种高茎的白花，每一朵都由许多极小的花朵组成，简直看不清花瓣。它的名字恰和“毋忘我”相反，据说是叫作“不要记得我”，或可译作“毋念我”罢。在迷茫的夜中，一切彩色都失去了，有的只是黑黝黝一片。亮光飘忽地穿来穿去，一个亮点儿熄灭了，又有一个飞了过去。

若在淡淡的月光下，草丛中就会闪出一道明净的溪水，潺潺地、不慌不忙地流着。溪上有两块石板搭成的极古拙的小桥，小桥流水不远处的人家，便是我儿时的居处了。记得萤火虫很少飞近我们的家，只在溪上草间，把亮点儿投向反射着微光的水，水中便也闪动着小小的亮点，牵动着两岸草莽的倒影。现在看到动画片中要开始幻景时闪动的光芒，总会想起那条溪水，那片草丛，那散发着夏夜的芳香、飞翔着萤火虫的一小块地方。

幼小的我，经常在那一带玩耍。小桥那边，有一个土坡，也算是山罢。小路上了山，不见了。晚间站在溪畔，总觉得山那边是极遥远的地方，隐约在树丛中的女生宿舍楼，也是虚无缥缈的。那时白天常和游伴跑过去玩，大学生们有时拉住我的手，说："你这黑眼睛的女孩子！你的眼睛好黑啊！"

大概是两三岁时，一天母亲进城去了，天黑了许久，还不回来。我不耐烦，哭个不停。老嬷嬷抱我在桥头站着，指给我看桥那边的小道。"回来啦，回来啦——"她唱着。其实这完全不是母亲回来的路。夜未深，天色却黑得浓重，好像蒙着布，让人透不过气。小桥下忽然飞出一盏小灯，把黑夜挑开一道缝。接着又飞出一盏。花草亮了，溪水闪了。黑夜活跃起来，多好玩啊！我大声叫了："灯！飞的灯！"回头看家里，已经到处亮着灯了，而且一片声在叫我。我挣下地来，向灯火通明的家跑去，却又屡次回头，看那使黑夜发光的飞灯。

照说幼儿时期的事，我不该记得。也许我记得的，其实是后来母亲的叙述，或自己更人事后的心境罢。但那一晚我在桥头的景象，总是反复地、清晰地出现在我眼前，那黑夜，那划破了黑夜的萤火，以及后来的灯光。

长大了，又回到这所房屋时，我在自己的房间里便可以看到起伏明灭的萤火了。我的窗正对着那小溪，溪水比以前窄了，草丛比以前矮了，只有萤火，那银白的，有时是浅绿色的光，还是依旧。有时抛书独坐，在黑暗中看着那些飞舞的亮点，那么活泼，那么充满了灵气，不禁想到《仲夏夜之梦》里那些会吵闹的小仙子;又不禁奇怪这发光的虫怎么未能在《聊斋志异》里占一席重要的地位。它们引起多么远、多么奇的想象。那一片萤光后面的小山那边,像是有什么仙境在等待着我。但是我最多只是走出房来,在溪边徘徊片刻,看看墨色涂染的天、树,看看闪烁的溪水和萤火。仙境么,最好是留在想象和期待中的。

日子一天天热闹起来。解放、毕业,几乎每个人都觉得自己在发光。我们是解放后第三届大学生。毕业前夕,一个星光灿烂的夜晚,和几个好友,久久地坐在这溪边山坡上,望着星光和萤光。我们看准一棵树,又看准一个萤火虫,看它是否能飞到那棵树,来卜自己的未来。几乎每一个萤火虫都能飞到目的地,因为没有飞到的就不算数。那时,我们的表格里无一不填着:“坚决服从分配,到祖国最需要的地方去!”无论分到哪里,我们都会怀着对美好未来的向往扑过去的。星空中忽然闪了一下,是一颗流星划过了天空。据说流星闪亮时,心中闪过的希望是会如愿的,但我们谁也没有再想要什么。有了祖国,有了党,不就有了一切么?我觉得重任在肩,而且相信任何重任我都担得起。难道还有比这种信心更使人兴奋、欢喜,使人感到无可比拟的幸福么?虽然我知道自己很小,小得像萤火虫那样。萤火虫却是会发光的,使得黑夜也璀璨美丽,使得黑夜也充满了幻想。

奇怪的是,自从离开清华园,再也不曾见到萤火虫。可能因为再也没有住在水边了。后来从书上知道，隋炀帝在江都一带经营过“萤苑”，征集“萤火数斛”，为夜晚游山之用。这皇帝连萤火虫都不放过，都要征来服役，人民的苦难，更可想见了。但那“萤苑”风光，一定是好看的。因为那种活泼的光，每一点都呈现着生命的力量。以后无意中又得知萤火虫能捕食害虫，于农作物有益，不觉十分高兴。便想，何不在公园中布置个“萤苑”，为夏夜增光，让曾被皇帝拘来当劳工的萤火虫，有机会为人民服务呢。但在那“十年浩劫”中，连公园都几乎查封，那“萤苑”的构思，早就逃之夭夭了。

前几天，偶得机缘，和弟弟这个从小的同学往清华走了一遭。图书馆看去一次比一次小，早不是小时心目中的巍峨了。那肃穆的、勤奋的读书气氛依然，书库中的玻璃地板也还在，底层的报刊阅览室也还是许多人站着看报。弟弟说他常做一个同样的梦——到这里来借报纸。底层增了检索图书用的计算机，弟弟兴致勃勃地和机上人员攀谈，也许他以后的梦，要改变途径了。我的萤火虫却从未在梦中出现。行向小河那边时，因为在白天，本不指望看见萤火，但以为草坡上的“毋忘我”和“毋念我”总会显出颜色。不料看见的，是一条干涸的沟，两岸干黄的土坡，春雨轻轻地飘洒，还没有一点绿意。那明净的、潺潺的、不慌不忙流着的溪水，已不知何时流往何处了。我们旧日的家添盖了房屋，现在是幼儿园了。虽是假日，还有不少孩子，一个个转动着点漆般的眼睛看着我们。“你们这些黑眼睛的孩子！好黑的眼睛啊！”我不由得想。

事物总是在变迁，中心总要转移的。现在清华主楼的堂皇远非工字厅可比了。而那近代物理实验室中的元素光谱，使人感到科学的光辉，也是萤火虫们望尘莫及的。我们骑着车，淋着雨，高兴地到处留下校友的签名。从一十年代到七十年代排过来的长桌前，那如同戴着雪帽般的白头发，那敦实可靠的中年的肩膀，那发亮的、润泽的皮肤和眼睛，俨然画出了人生的旅程。我认为，在这条漫长而又短促的道路上，那淡蓝和纯白的花朵，“毋忘我”和“毋念我”，是必不可少的。因为人世间，有许多事应该永远记得，又有许多事是早该忘却了。

但总要尽力地发光，尤其是在困境中。草丛中飘浮的、灵动的、活泼的萤火，常在我心头闪亮。

促织，促织！

秋来了。

不知不觉间，秋天全面地到来了。

最初的信息还在玉簪花。那一点洁白的颜色仿佛把厚重的暑热戳了一个洞，凉意透了过来。渐渐地，鼓鼓的小棒槌花苞绽开了，愈开愈多，满院中弥漫着淡淡的香气。人走进屋内有时会问一句，怎么会这样香，是熏香还是什么？我们也答说，熏香哪有这样气味，只是花香侵了进来罢了。花香晚间更觉分明，带着凉意。

一个夏天由着知了聒噪，吵得人恨不得大喝一声“别吵了”，也只能想想而已，谁和知了一般见识？随着玉簪的色与香，夜间忽然有了清亮无比的鸣声，那是蟋蟀。叫叫停停，显得夜越发地静，又是一年一度虫鸣音乐会换演员的时候了。知了的呐喊渐渐衰微，终于沉默。蟋蟀叫声愈来愈多，愈来愈亮。清晨在松下小立，竹丛里，地锦间，都有不止一支小乐队，后来中午也能听到了。最传神，最有秋之意韵的鸣声是在晚间，似比白天的鸣声高了八度，很是饱满。狄更斯在《炉边蟋蟀》这篇小说里形容蟋蟀的叫声“像一颗星星在屋外的黑暗中闪烁,歌声到最高昂时,音调里便会出现微弱的,难以描述的震颤”。小说中的男女主人公都喜欢这小东西,说炉边能有一只蟋蟀,是世界上最幸运的事。

我们的小歌者中最优秀的一位也是在厨房里。它在门边、炉边、碗柜边、水池边转着圈鸣叫,像要叫醒黑沉沉的夜,叫得真欢。叫到最高昂处似乎星光也要颤一颤。我们怕它饿了,撕几片白菜叶子扔在当地,它总是不屑一顾。

养蟋蟀有许多讲究,可以写几本书。我可无意此道,几十年前亲戚送的古雅的蛐蛐罐,早不知到哪里去了。我喜欢自然环境中蟋蟀的歌声,那是一种天籁,是秋的号角,充满了秋天收获的喜悦。

家人闲话时,常常说到家中的两个淘气包——两只猫;说到一只小壁虎,它每天黄昏爬上纱窗捉蚊子,恪尽职守;说到在杂物棚里呼呼大睡的小刺猬,肚皮有节奏地一凸一凹,煞是好看。也说到蟋蟀,这小家伙,为整个秋天振翅长鸣,不惜用尽丹田之气。它的歌声使人燥热的梦凉爽了,使人凄清的梦温暖了。我们还讨论了它的各种名字:蟋蟀,俗名蛐蛐,一名蛩,一名促织。

促织这两个字很美,据说是模仿虫鸣声,声音似并不大像,却给人许多联想。促织,可以想到催促纺织,催促劳动,提醒人一年过去了大半,劳动成果已在手边,还得再接再厉。

《聊斋志异》中有《促织》一篇，写官府逼人上交蟋蟀，九岁孩童为了父母身家性命，魂投蟋蟀之身。以人的智慧对付虫，当然所向披靡。这篇故事不只写出以皇帝为首的统治者的暴虐荒唐，更写出了人的精神力量。生不可为之事，死以魂魄为之！这是一种执着，奋斗，无畏无惧，山河为动，金石为开的力量。

近来，我非常不合潮流地厌恶“潇洒”这两个字。这两个字已被用得极不潇洒了，几乎成了不负责任的代名词。潇洒，得有坚实的根底，是有源有本，是自然而然的一种人格体现，不是凭空追求能得到的。晋人风流的底是真情，晚明小品空灵闲适的底是妙赏。没有底，只是哼哼唧唧自哀自怜，或刻意作潇洒状，徒然令人生厌。

听得一位教师说，她班上有一个学生既聪明，又勤奋，决不浪费时间。她向别的同学推广，有些人竟嗤之以鼻，说：“太牲了！”经过解释，才知道：牲者，畜牲也，意思是太不像人了。

究竟怎样才像人？才是人？才能做与“天地参”的人？只是潇洒么？只是好玩么？

听听那小蟋蟀！它还在奋力认真地唱出自己的歌！

促织，促——织——

山河入梦来

墨城红月

一过兴安岭，觉得天气猛然一凉。车窗外不再是无边的青纱帐，先是些高高低低的灌木丛，再过去，就是均匀的绿色。这就是呼伦贝尔草原么？直到看见那黑色的，又有些透明的河水，才恍然，确实又来到草原上了。

不知为什么，这里的大大小小的河水都是那样一种黑色，它一点不浑浊，只显得有些冷，有些重。但它自己一点不觉得，只顾流着。草原上的中心城市海拉尔，意思是“墨城”。我第一次来时，觉得很奇怪，这个新兴的城和墨城哪里有什么关系。这一次，我从河水又认识了草原，便猜想，墨城的名字，可能是从河水而来吧。

墨城海拉尔便在这样一条河旁，河上有大桥把新旧市区连接起来。这次旅行，喜欢活动的我，为病所拘，不曾出去活动，只管坐着看天。有时在桥上闲步，水么，只是流，已经知道它的特点了，便也还是看天。不料从天上，竟也看出一些名目。

这天是草原上的天，草原毫无遮拦，这样开阔，这样坦率，只是一个劲儿地绿。天呢，却是变化多端。它常常显得离地很近，有时站在四不靠的草原上，总觉得天还是可以用手摸得到的，在大桥上看日落，真是“远在天边，近在眼前”了。太阳如同从炉中锻出的炽热的铁，红得发白。沉下去以后，天边还久久地染着余光。我便想，那一块天，一定很烫很烫。

那云也奇怪。它仿佛不在天上，而在地上，应该说，就是在那天和地的交界上。像要往上飘，又像要往下落，让人摸不着头脑。有时乌云密布，天阴沉沉的，滴得下水来。忽然间云在空中活动起来，大块大块地往天边滑去，太阳马上就光灿灿的，照得人睁不开眼。天也骤然升高了，就是飞，也难得上去了。那些云，都集中到一堆，落到天地的边缘上，好像是谁在那刷了一笔浓墨。想来那里一定会下大雨，让丰盛的草原畅饮一番。再等一会儿，这一“笔”勾销了，却又在天的另一边，添上了一笔。这看不见的笔挥来挥去，云层就汹涌而来，呼啸而去，忙个不停。那施云童子、布雾郎君，以及四海的龙王爷，在这一带的任务似乎特别繁忙，我真替他们累得慌呢。

一个傍晚，千变万化的落照已经过去了。只在天地间有一道明亮的红云，直从暮色中透过来。我站在桥上望着它，等它隐去，然而它竟不，只执拗地横在那里。等着等着，云层中忽然起了一团红光，像是个正燃烧的火球，滚了一阵，又倏地消失了。紧接着一个火球又是一个火球，都是那样闪着红光，滚滚而逝。正在看得有趣，听见有人说：“打雷啦，闪电啦，可该回家啦。”回头一看，见是个年老的牧民，牵着一匹肥壮的马，准也是要回家，望着我亲切地笑着。我便也向他笑笑，往住处走去，一路还回头去看那云后的闪电。

过了几天，便是中元节。我的看天的兴趣也达到了顶峰，因为那月亮更是奇怪，它从草原的尽头升起时，简直大得吓人，足像个汽车轮子——当然比汽车轮子好看。它照着刚被黑夜笼罩的绿色草原，现出一种淡黄的颜色，周围有轻云缠绕，引人深思。行到中天，便全没了那种朦胧的气氛，十分明亮，十分光洁。照得上下左右，成了一片通明的世界，让人看了，胸中再存不住半点杂念。等到将落未落时，却又变成朱红的颜色，在碧沉沉的天空里，红色那样含蓄，那样润泽。记得听人唱过一个民歌，其中有“天上的红月亮”的句子，觉得奇怪，月亮哪有红的呢，最多是黄的。在这里，知道了月亮真有红的，而且是这样的红，那红色是活泼的，流动的，仿佛它正在红着……

曾和几位考古专家一同步月，他们用洞察过去的眼光看出这月光下的旷野应该是古战场。这一带民族复杂，地居险要，一向是争战的场所，然而那确都已成了过去。草原，在民族大家庭里劳动着，成长着。在桥头，又看见那老牧民，还是牵着那肥壮的马，大步走着。我们像老相识似的攀谈了很久。他小声告诉我：“咱盟里今年的牲畜，比去年增加了几十万头。”我看着他，高兴而又惊异。他，这个满面风霜的老人，关心的是整个草原的兴旺。扭转乾坤的不就是他,许许多多的他吗?

月光照着他骑马向草原上驰去,我也没问他家住在哪儿。月亮会知道的吧?它默默地照了几千年几万年了。它知道今天的考古专家们将来也会被别人考古,而它也知道这个时代的人怎样在有限的生命里热情地、努力地创造着无限的历史。

我久久不能入睡。推开窗户,等着看那碧天红月的奇景。草原是多么辽阔,天空是多么明净,我们的祖国是多么美,多么好,便连月亮,也是红的啊!

废墟的召唤

冬日的斜阳无力地照在这一片田野上，刚是下午，清华气象台上边的天空，已显出月牙儿的轮廓。顺着近年修的柏油路，左侧是干皱的田地，看上去十分坚硬，这里那里，点缀着断石残碑。右侧在夏天是一带荷塘，现在也只剩下冬日的凄冷。转过布满枯树的小山，那一大片废墟呈现在眼底时，我总有一种奇怪的感觉，好像历史忽然倒退到了古希腊、古罗马时代。而在乱石衰草中间，仿佛该有着妲己、褒姒的窈窕身影，若隐若现，迷离扑朔。因为中国社会出奇的“稳定性”，几千年来的传统一直到那拉氏，还不中止。

这一带废墟是圆明园中长春园的一部分，从东到西，有圆形的台，长方形的观，已看不出形状的堂和小巧的方形的亭基。原来都是西式建筑，故俗称西洋楼。在莽苍苍的原野上，这一组建筑遗迹宛如一列正在覆没的船只，而那丛生的荒草，便是海藻，杂陈的乱石，便是这荒野的海洋中的一簇簇泡沫了。三十多年前，初来这里，曾想，下次来时，它该下沉了罢？它该让出地方，好建设新的一切。但是每次再来，它还是停泊在原野上，远瀛观的断石柱，在灰蓝色的天空下，依然寂寞地站着，显得四周那样空荡荡，那样无依无靠。大水法的拱形石门，依然卷着波涛。观水法的石屏上依然陈列着兵器甲胄，那雕镂还是那样清晰，那样有力。但石波不兴，雕兵永驻，这蒙受了奇耻大辱的废墟，只管悠闲地、若无其事地停泊着。

时间在这里，如石刻一般，停滞了，凝固了。建筑家说，建筑是凝固的音乐。建筑的遗迹，又是什么呢？凝固了的历史么？看那海晏堂前（也许是堂侧）的石饰，像一个近似半圆形的容器，年轻时，曾和几个朋友坐在里面照相。现在石“碗”依旧，我当然懒得爬上去了，但是我却欣然。因为我的变化，无非是自然规律之功罢了，我毕竟没有凝固。

对着这一段凝固的历史，我只有怅然凝望。大水法与观水法之间的大片空地，原来是两座大喷泉，想那水姿之美，已到了标准境界，所以以“法”为名。西行可见一座高大的废墟，上大下小，像是只剩了一截的、倒置的金字塔。悄立“塔”下，觉得人是这样渺小，天地是这样广阔，历史是这样悠久。

路旁的大石龟仍然无表情地蹲伏着，本该竖立在它背上的石碑躺倒在土坡旁。它也许很想驮着这碑，尽自己的责任吧？风在路另侧的小树林中呼啸，忽高忽低，如泣如诉，仿佛从废墟上飘来了“留——留——”的声音。

我诧异地回转身去看了。暮色四合，方外观的石块白得分明，几座大石叠在一起，露出一个空隙，像要对我开口讲话。

告诉我这里经历的烛天的巨火么？告诉我时间在这里该怎样衡量么？还是告诉我你的向往，你的期待？

风又从废墟上吹过，依然发出“留——留——”的声音。我忽然醒悟了。它是在召唤！召唤人们留下来，改造这凝固的历史。废墟，不愿永久停泊。

然而我没有为这努力过么？便在这大龟旁，我们几个人曾怎样热烈地争辩啊。那时的我们，是何等慷慨激昂，是何等满怀热忱！和人类比较起来，个人的一生是小得多的概念了，每个人自有理由做出不同的解释。我只想，楚国早已是湖北省，但楚辞的光辉，不是永远充塞于天地之间么？

空中一阵鸦噪，抬头只见寒鸦万点，驮着夕阳，掠过枯树林，转眼便消失在已呈粉红色的西天。在它们的翅膀底下，晚霞已到最艳丽的时刻，西山在朦胧中涂抹了一层娇红，轮廓渐渐清楚起来。那娇红中又透出一点蓝，显得十分凝重，正配得上空气中摸得着的寒意。

这景象也是我熟悉的，我不由得闭上眼睛。

“断碣残碑，都付与苍烟落照。”身旁的年轻人在自言自语。事隔三十余年，我又在和年轻人辩论了。我不怪他们，怎能怪他们呢！我嗫嚅着，很不理直气壮。“留下来吧！就因为是废墟，需要每一个你啊。”

“匹夫有责。”年轻人是敏锐的，他清楚地说出我嗫嚅着的话。“但是怎样尽每一个我的责任？怎样使环境允许每一个我尽责任?”他微笑,笑容介于冷和苦之间。

我忽然理直气壮起来:“那怎样,不就是内容么?”

他不答,他也停了说话,且看那瞬息万变的落照。迤逦行来,已到水边。水已成冰,冰中透出枝枝荷梗,枯梗上漾着绮辉。远山凹处,红日正沉,只照得天边山顶一片通红。岸边几株枯树,恰为夕阳做了画框。框外娇红的西山,这时却全是黛青色,鲜嫩润泽,一派雨后初晴的模样,似与这黄昏全不相干。但也有浅淡的光,照在框外的冰上,使人想起月色的清冷。

树旁乱草中窸窣有声,原来有人作画。他正在画板上涂着颜色,涂了又擦,擦了又涂,好像不知怎样才能把那奇异的色彩捕捉在纸上。

“他不是画家,”年轻人评论道,“他只是爱这景色——”

前面高耸的断桥便是整个圆明园唯一的遗桥了。远望如一个乱石堆,近看则桥的格局宛在。桥背很高,桥面只剩了一小半,不过桥下水流如线,过水早不必登桥了。

“我也许可以想一想,想一想这废墟的召唤。”年轻人忽然微笑说,那笑容仍然介于冷和苦之间。

我们仍望着落照。通红的火球消失了,剩下的远山显出一层层深浅不同的紫色。浓处如酒,淡处如梦。那不浓不淡处使我想起春日的紫藤萝,这铺天的霞锦,需要多少个藤萝花瓣啊。

仿佛听说要修复圆明园了。我想,能不能留下一部分废墟呢？最好是远瀛观一带，或只是这座断桥，也可以的。

为了什么呢？为了凭吊这一段凝固的历史，为了记住废墟的召唤。

西湖漫笔

平生最喜欢游山逛水。这几年来，很改了不少闲情逸致，只在这山水上头，却还依旧。那五百里滇池粼粼的水波，那兴安岭上起伏不断的绿沉沉的林海，那开满了各色无名的花儿的广阔的呼伦贝尔草原，以及那举手可以接天的险峻的华山……曾给人多少有趣的思想，曾激发起多少变幻的感情。一到这些名山大川异地胜景，总会有一种奇怪的力量震荡着我，几乎忍不住要呼喊起来："这是我的伟大的、亲爱的祖国——"

然而在足迹所到的地方，也有经过很长久的时间，我才能理解、欣赏的。正像看达·芬奇的名画《永远的微笑》，我曾看过多少遍，看不出她美在哪里；在看过多少遍之后，一次又拿来把玩，忽然发现那温柔的微笑，那嘴角的线条，那手的表情，是这样无以名状的美，只觉得眼泪直涌上来。山水，也是这样的，去上一次两次，可能不会了解它的性情，直到去过三次四次，才恍然有所悟。

我要说的地方，是多少人说过写过的杭州。六月间，我第四次去到西子湖畔，距第一次来，已经有九年了。这九年间，我竟没有说过西湖一句好话。发议论说，论秀媚，西湖比不上长湖天真自然，楚楚有致；论宏伟，比不上太湖，烟霞万顷，气象万千——好在到过的名湖不多，不然，不知还有多少谬论。

奇怪得很，这次却有着迥乎不同的印象。六月，并不是好时候，没有花，没有雪，没有春光，也没有秋意。那几天，有的是满湖烟雨，山光水色俱是一片迷蒙。西湖，仿佛在半醒半睡。空气中，弥漫着经了雨的栀子花的甜香。记起东坡诗句："水光潋滟晴方好，山色空蒙雨亦奇。"便想，东坡自是最了解西湖的人，实在应该仔细观赏领略才是。

正像每次一样，匆匆地来，又匆匆地去。几天中我领略了两个字，一个是"绿"，只凭这一点，已使我流连忘返。雨中去访灵隐，一下车，只觉得绿意扑眼而来。道旁古木参天，苍翠欲滴，似乎飘着的雨丝儿也都是绿的。飞来峰上层层叠叠的树木，有的绿得发黑，深极了，浓极了；有的绿得发蓝，浅极了，亮极了。峰下蜿蜒的小径，布满青苔，直绿到了石头缝里。在冷泉亭上小坐，直觉得遍体生凉，心旷神怡。亭旁溪水琤瑽，说是溪水，其实表达不出那奔流的气势，平稳处也是碧澄澄的，流得急了，水花飞溅，如飞珠滚玉一般，在这一片绿色的影中显得分外好看。

西湖胜景很多，各处有不同的好处，即便一个绿色，也各有不同。黄龙洞绿得幽，屏风山绿得野，九曲十八涧绿得闲……不能一一去说。漫步苏堤，两边都是湖水，远水如烟，近水着了微雨，泛起一层银灰的颜色。走着走着，忽见路旁的树十分古怪，一棵棵树身虽然离得较远，却给人一种莽莽苍苍的感觉，似乎是从树梢一直绿到了地下。走近看时，原来是树身上布满了绿茸茸的青苔，那样鲜嫩，那样可爱，使得绿茵茵的苏堤，更加绿了几分。有的青苔，形状也很有趣，如耕牛，如牧人，如树木，如云霞，有的整片看来，布局宛若一幅青绿山水。这种绿苔，给我的印象是坚忍不拔，不知当初苏公对它们印象怎样。

在花港观鱼，看到了又一种绿，那是满地的新荷。圆圆的绿叶，或亭亭立于水上，或婉转靠在水面，只觉得一种蓬勃的生机，跳跃满池。绿色，本来是生命的颜色。我最爱看初春的杨柳嫩枝，那样鲜，那样亮，柳枝儿一摆，似乎蹬着脚告诉你：春天来了。荷叶则要持重一些，到初夏则更显成熟，但那透过活泼的绿色表现出来的茁壮的生命力，是一样的。再加上叶面上的水珠儿滴溜溜滚着，简直好像满池荷叶都要裙袂飞扬，翩然起舞了。

从花港乘船而回，雨已停了。远山青中带紫，如同凝住了一段云霞。波平如镜，船儿在水面上滑行，只有桨声欸乃，愈增加了一湖幽静。一会儿，摇船的姑娘歇了桨，喝了杯茶，靠在船舷，只见她向水中一摸，顺手便带上一条欢蹦乱跳的大鲤鱼。她自己只微笑着一声不出，把鱼甩在船板上。同船的朋友看得入迷，连连说：这怎么可能！上岸时，又回头看那在浓重暮色中变得无边无际的白茫茫的湖水，惊叹道：真是个神奇的湖！

我们整个的国家，不是也可以说是神奇的么？我这次来领略到的另一个字，就是“变”。和全国任何地方一样，隔些时候去，总会看到变化，变得快，变得好，变得神奇。都锦生织锦厂在我印象中，是一个狭窄的旧式的厂子。这次去，走进一个花木葱茏的大院子，我还以为找错了地方。技术上、管理上的改进和发展就不用说了。我看到织就的西湖风景，当然羡慕其织工精细，但却想，怎么可能把祖国的锦绣河山织出来呢？不可能的。因为河山在变，在飞跃！最初到花港时，印象中只是个小巧曲折的园子，四周是一片荒芜。这次却见变得开展了，加上好几处绿草坪，种了许多叫不上名字来的花和树，顿觉天地广阔了许多，丰富了许多。那在新鲜的活水中游来游去的金鱼们，一定会知道得更清楚吧。据说，这一处观赏地带原来只有二亩，现在已有二百一十亩。我和数字是没有什么缘分的，可是这次我却深深记住了。这种修葺，是建设中极其次要的一部分，从它，可以看出更多的东西……

更何况西湖连性情也变得活泼热闹了，星期天，游人泛舟湖上，真是满湖的笑，满湖的歌！西湖的度量，原也是容得了活泼热闹的。两三人寻幽访韵固然好，许多人畅谈畅游也极佳。见公共汽车往来运载游人，忽又想起东坡在密州出猎时写的一首《江城子》：“老夫聊发少年狂，左牵黄，右擎苍，锦帽貂裘，千骑卷平冈。”想来他在杭州，当有更盛的情景吧？那时是“倾城随太守”，这时是每个人在公余之暇，来休息身心，享山水之乐。这热闹，不更千百倍地有意思么？

希腊画家亚伯尔曾把自己的画放在街上，自己躲在画后，听取意见。有一个鞋匠说人物的鞋子画得不对，他马上改了。这鞋匠又批评别的部分，他忍不住从画后跑出来说，你还是只谈鞋子好了。因为对西湖的印象究竟只是浮光掠影，这篇小文，很可能是鞋匠的议论，然而心到神知，想西湖不会怪我唐突吧？

鸣沙山记

西行归来很久了，有些印象已经淡漠；也有些印象经过时间的酿造，轮廓反更分明，意思也更浓郁。这从记忆里时常浮现的画面之一，是鸣沙山。

鸣沙山在敦煌市城南，我们下榻在城东。城东果木成荫，绿色满眼，和华北的夏日无异。可是驱车不到半小时，下得车来，我忽然发现自己落入了沙的世界。眼前是一座沙山，脚下是厚厚的积沙，沙粒很细，踩上去如同在海滩行走。也许亿万年前，这里曾是海底罢。

眼前的沙山就是鸣沙山了。当时是晚上八时许，正值黄昏，那天天色似不很晴朗，在灰暗的天空下，巨大的沙山默默地站着，显得孤寂而遥远。山光光的，除了数不尽的细沙，什么也没有。因为有山，甚至也没有沙漠的瀚海无垠的气魄。但是好像有一种什么力量，使我们都肃然。那感觉不是空间上的，而是时间上的。时间退回到遥远的遥远的过去，那时生命还没有发生。没有动物的踪迹，也没有植物的覆被，有的只是永恒的静谧，和对未来的期待。

我们在沙漠上走，把鞋子拿在手中。风从耳边吹过。我看见风也向沙山上吹着，在半山腰把沙粒向上扬起，似乎是帮助沙山长得更高。我恍然，风若总是从这个方向这样吹，自不会湮没山脚下的泉水。

鸣沙山脚下有一个月牙泉，是与山齐名的。我们走了一段路再向右转，便看见四面黄沙之中那一弯明亮的水。水面据说较前小多了，也浅多了，但还清澈。水边有几株芦苇，大有江南水乡的意味。对岸有几处断墙残壁。那是以前庙宇的遗迹；还有一株枯树，巍然处于瓦砾之中。这一切，很像一幅纸色已经发黄，笔墨也已模糊的古画。这时有一个并没有骑驴的壮年人，安详地走进这幅画面，一点不理会这边的笑嚷，只顾穿过废墟，一直向远处走去。

“他一个人，往哪儿去？”我不禁问，望着远处的山，山那边当然还有山。

没有人能回答，我也不能去问个究竟。于是这孤寂的投向洪荒的身影，便和碧水黄沙一起，在记忆中留了下来。

这时天色更暗，鸣沙山显得更高了，仿佛离天空很近。风扬起细沙，在山腰形成一团团烟雾，又飘飘扬扬地散了。我转身向山脚走去，把伙伴们留在泉边。我真想爬上沙山，再从山上滑下来，据说就可以听到沙粒相撞的声音，但我还是适可而止了。我孤零零地站在山脚下，举目尽是灰色的沙，心中充满莫名其妙的喜悦。那感觉好像是在白茫茫的雪原上，正想扑进雪里抚摸雪的清凉;又如同在浩漫漫的大海边,正想站在起伏的海浪上随着波涛远去。我几乎跪下来拥抱大地!拥抱这孕育着生命,哺育着人类的整个的大地!大地的景色多么丰富,多么幻妙,多么奇,又多么美!这里有塞北的荒凉和江南的妩媚,有山的静止和水的流动,两种情调极不相同的美互相对照,相互辉映,互相联结,成为一体。我想长啸,听一听沙山和清泉的回响,我想大喊,呼叫那投向洪荒的寂寞的人。

“我们在这里!”我喊着。当然,连在月牙泉边的伙伴也听不见,更何况那远去的人。

我们确实在这里。我们在这里生活、战斗、成长。戈壁滩上有一座锁阳城遗址,据说现在夜晚仍有厮杀呐喊之声。记录着人类文明发展的敦煌文化,现在仍在呼吸,仍在散发着光辉。我看见那妙相庄严的菩萨,才忽然懂得“容光照人”这四个字。我看着著名的三兔藻井,真觉得画中的云在旋转、流动,就像眼前灰暗的天空上,大片的,缓缓流动着的,活着的云一样。

我们在这里,我们还要在这里长久地、更好地生活下去。

归途上大家踩着坎坷不平的阡陌,不觉议论道,千万不该在这样的山川中开这几亩不打粮食的田地,还抽用月牙泉水来浇田!做了多年的不肖子孙,现在总该明白一点了罢。

我不时回头,看那孤身远去的人是否赶了上来。沙山在渐浓的夜色中更显得巨大、沉重,沙粒仍然在山腰飘扬旋转,落到沙山上去。

“我们在这里。”我默默地说。

恐再无来鸣沙山的机缘了。我愿听到它的消息,使这一片景色在我的记忆中,苍茫的更苍茫,妩媚的更妩媚。

三访鳌滩

这一段上坡路，似乎是伸向天边。四周荒无人迹，低矮的野生植物覆盖着地面，绿色中点缀着简单的黄与红的花。一到坡顶，天蓦地升高了，推远了。眼前就是大海，灰蒙蒙一片，无际无涯。整个海，像是凝聚着昨天的雨和云，海连着天，天连着海，看不清海天界限。略带腥味的海风挟着涛声阵阵扑面而来，大家兴奋地加快了脚步。

我们站在伸入海中的石头上，左右看去，净是些巨大的礁石。海水漫漫，看不出石头形状。早听说金石滩的礁石不凡，可以想象为古堡龙宫，神怪猛兽——那弯进海中的大石形成一个穹门，被称为通往龙宫的路；又一块大石则是后羿的臂肘，羿射九日后力尽而死，那弯着的臂肘还作拉弓状。

像么？互相问，又迟疑着，不愿回答。

再到这里时是黄昏。我们从两座石山间下到海滩。两座山般的大石，黄绿色的名黄帝石，红褐色的名炎帝石，我们走在中间，便是炎黄子孙了。夕阳从背面反照过来，海上云霭中透出层次不同的红。海滩上静极了，只有我们在走动。我们举目四望，忽然感觉这里似非人境！巨大的、颜色鲜艳的石山默默地压在头顶，面前是大海，左右是奇形怪状、令人生畏的礁石，脚下是晶莹如玉的石子，形成一个奇特的世界。我们在浩漫的大海与压顶的巨石之间，像是一幅雄伟画卷上的几个墨点儿。

“看那大龟！”有人叫。果见海滩另一端有一个硕大无朋的龟，与海中的一个小龟，头对着头，像在互相审视，互相辨认。是小龟在劝说母亲回到大海，还是大龟在召唤独生子上岸休息？鳌滩想因这一石塑而得名了。

海浪仍在一道道向岸边涌来。大海，是不休息的。

“涨潮了。”有人提醒。

海在汹涌，一浪接一浪。每一次海面都升高一些，那些小礁石都已消灭了。我们赶紧向上走，海水在身后赶来，那小龟向下沉了。走到坡顶，我才忽然想到，刚才是站在海里！

又一次去到鳌滩，天还不大亮。远远便见海滩上灯火明灭，是有人用手电筒，在觅取海的赐予。到滩上看时，赶海人深入海中，离岸相当远，灯光一闪一闪，像是大萤火虫。

他们当然都是精通水性的。我却担心：海水仍在声势浩大地向岸上涌来，他们来得及上岸么？水边许多小礁石，如同黑色的小兽蹲伏着。渐渐地，它们的身体露出得越来越多，是向岸上爬过来了？我们惊异地看着。

远处一道白绿，在黑暗中很分明。它滚得很急，奔过来撞到岸上,便消失了。每奔来一次,水面便下落,落得真快!眼见那些小兽爬出水面,眼见那望着母亲的小龟的头离水面越来越高。我们简直可以追赶海水,和赶海人一起,追进海里去,看看浩瀚的海水落到了哪里,哪里又盛得下这无边的大海。

等潮落尽,又要涨了。涨满了,再落。

我还从未见过这样呼吸着的、活得如此健旺的大海。人说不只因正值望日,且因有礁石的标志,才能清楚地感觉潮的涨落、海的起伏。不管这些礁石是否激发起各种的想象,它已使我更认识了大海,使我在短暂的停留中,经历了沧海桑田的变迁。

大海都有升落,有变迁,人生又怎能常处于一个水平面上呢!

奔落的雪原

——北美观瀑记

对北美洲五大湖区的尼亚加拉大瀑布真是向往已久了。听说有人前往观赏，看着看着，忍不住跳了进去。也有人专门到那里自杀，大概以为那咆哮的急流能洗净世间的污秽罢。便想我若结识了大瀑布，当写一篇小说，写本是前往结束自己生命的人终于获得了生的力量，懂得了怎样赞美人生、谱写人生。那是一切名山大川应该给予人的，我相信尼亚加拉也是如此。

一路上我总想不通，这样大的瀑布怎能不在崇山峻岭之中，而是在平原上。经过五大湖之一的伊利湖时，只见水天一色，无边无际。公路上有不少疾驶的车，顶上倒扣一条船，便是去湖里游荡的。据说这湖连同另外三湖的水都是经大瀑布落到尼亚加拉河中，再经安大略湖、圣劳伦斯河流入大西洋的。这么多的水，想来那瀑布一定够壮观了。

车过靠近加拿大的巴法罗城时，已是下午。“不远了。”来过的人说。“怎么没有声音呢?”我想，因为目的地近了，大家都有些兴奋。我却忽然害怕起来，这平淡的湖水，连同周围平淡的景色，能汇集出怎样的雄伟呢？

下车后，我以为还要走一段路，却忽然发现已经到瀑布旁了。最先看到的是美国瀑布，立足处比河流的水面约高两三层楼。河水平静地、放心地流过来，似乎万万没有料到会猛然跌落。水色碧绿，到悬崖边时，忽然变作了大块的雪，轰然落下，溅起无数水花，使得瀑布下部宛如在云雾中。大雪块不断崩落下来，云雾不断升起。它这样宽，悬崖岸长一千一百英尺，又这样高，落差一百八十英尺。奔腾咆哮，好像要在顷刻间使出全身解数，而这顷刻一直延长了不知多少万年，永没有疲惫的时刻。

瀑布下是深谷，若凭走路，恐怕要走好一阵。我们乘电梯下到谷底去乘船，一会儿便到。电梯中可见美国瀑布旁边的小瀑布，名唤新娘的面纱。小瀑布再往北是三个瀑布中最大的、属于加拿大的马掌瀑布，悬崖岸边呈巨大的马蹄形，宽两千五百英尺，落差一百七十英尺。上船时发雨衣，船走时轰鸣的水声越来越大，船也越来越颠簸。真高啊，那急遽奔流的水壁！好像是天门大开，尽情地把水倾泻下来。到马掌瀑布下面了，浪花飞腾着，人们如立雨中。船还向前行，眼前什么也看不见，只是迷雾一片，不少人叫着笑着，连船下的水也在跳动，翻起无数水花。我望着四周迷蒙的水汽，就像在黄山上想跳入云海，在太平洋岸边想踏上海波一样，我真想跳下去！

当然只是想想而已。船慢慢地转身，回头看那宛如在天际的翻腾跃落如雪块般的水，因为太宽太高太大，一眼难以尽收。一条巨大的虹出现在迷茫的水汽中，弯弯的弧只划过瀑布的一角。在这里，瀑布一词似乎已不适用。布是窄条，而这里是这样雄伟，这样宽阔，这样急速地流动着，简直叫人喘不过气来。整个的雪原从天上崩落了！

啊，奔跑而崩落了，崩落了还继续奔跑着的雪原！

据说曾有不少人把自己装在桶里，随着瀑布落入深渊。不少人中只有一个少年生还，人们惊喜之余，给他将息调养，然后罚款。我在瀑布下走一遭，对这些冒险家增加了几分理解。可能谁都想随着瀑布跃下悬崖，尝一尝那飞在半空中、震撼灵魂的喜悦。不过真的伸出双手去拥抱能毁灭自己的巨大的力量，固然需要勇气，也未免任性。

这里人们的勇气和智慧是用在正当途径上的。原来流量每秒二十万零两千立方英尺的水，一半用来发电了。它给了人们多少光明，多少力量！到晚上，瀑布也不寂寞，强烈的灯光照着它，反正它不在乎，也不能抗议。古人叹昼短夜长，有人秉烛夜游，有人“只恐夜深花睡去，故烧高烛照红妆”。现代人的气魄大多了，夜游改用探照灯，白色灯光可以帮助人在黑夜中看到瀑布汹涌崩落的气势。凭栏倚望，有灯光处的水是一片闪烁的白，不像白天，在雪般的水花下泛出碧绿来。只是瀑布太宽，峡谷太深，无论多么强的光，落到那崩落的雪原般的千万年不曾停息的层层水花上，那巨大的无底深谷中，全显得黯淡微弱，使得整个峡谷更添了些神秘莫测、捉摸不定的色彩，一切都显得更遥远了。忽然间灯光颜色变了，暗红的颜色罩住了深谷。一会儿又变作绿的、蓝的、紫的，据说这是尼亚加拉大瀑布重要的一景。我却宁愿只要素朴的白，能帮助人们夜游便足够了。绮丽的颜色和伟大磅礴不大相称，何况还使人想起霓虹灯来。莫非这气势庄严的大瀑布也在做着一场繁华梦么？

夜深了。我们要睡了。大瀑布不管灯光怎样变幻，只顾奔跑着，跌落着，跳跃着，日以继夜地给人忘却一切的喜悦。它是勤劳的，清醒的。

次日清晨，我们又跨过美国瀑布上游，从山羊岛上步行向下，来到瀑布半中腰流连。这里上看飞流，下临云雾。瀑布似乎是悬空的，不知来龙去脉，只是向平面延伸，一直转了半圈，成为马蹄形。有这么大的马么？是霍桑在《奇异的书》里描写的，载了英雄人物去砍下妖魔的三个头的那匹飞马罢？可惜我没有听到这里的传说，不过我自己可以编出一个来。

这时，在美国瀑布下面和对岸加拿大一侧的山谷中，都有三三两两的黄衣人在行走。什么虾兵蟹将？我们问。原来可以通过隧道下去，到瀑布近身处观看。在美国这一边的叫“风洞”，我们兴致勃勃地去了。穿上雨衣雨靴，也都成了虾兵蟹将。乘电梯从岩石中下去，走过隧道，到得洞口，洞外有栈桥，位置在美国瀑布和“新娘面纱”之间。水声轰鸣，比在船上时更强十倍！我们不管浪花飞舞，循栈桥向大瀑布走去，真走到它身旁了！离水流只有二十五英尺！这时仰面上看，急流自天而降，仿佛就浇在自己头上！厚重的水在脸面前奔腾着，厚重得像浮雕，却是奔跑着的活的浮雕。风挟着水蒙头盖脸而来，风和水都是硬的。这里不是水花水汽，简直是置身波涛中了。这奇异的站立着的波涛啊！“我们算是到过瀑布里面了。”一个西班牙人说。

啊！崩落了还在奔跑的雪原！要把我们带到哪里去呢？我伸出手，想和瀑布巨人握一握，他却置之不理。又是一阵水浪浇来。“快走，请快走。”管理栈桥的人说，他的声音在雷鸣般的轰响中消失了。

我又伸出手来，抓住一捧水。水从指缝间漏出了，尼亚加拉大瀑布的雄姿却永不会从我的记忆里筛去。我会永远记住你的伟大精神，你的磅礴气势，你的力量，你的速度！我会永远记住你那如同崩落的雪原般的流水。

下午到山羊岛和附近的三姐妹小岛。在山羊岛北端，可见烟波浩渺的湖面，水鸥点点。岸边树木还绿着，已带些初秋的萧瑟了。它们静静地站着观看水波流去。辉煌的激昂慷慨的乐章结束了，这里是一段慢板，徐缓悠扬。湖水从山羊岛分开，流过各种形状的石头，水清见底，从容不迫。到三姐妹岛时水面很宽，却越流越急。下面便是马掌瀑布了。绿浪时起，汹涌的水波似乎比我们站的地方还高,它们准备着,准备加入到奔落的雪原中去。

据说从加拿大一侧看尼亚加拉大瀑布更为壮观,我想不去也好。生活中美好的事物是没有穷尽的,叹为观止的景色还没有止。留着,让人向往,让人期待,让人悬念。

在黄水仙的故乡

近年从外面旅行回来，常有一句问话在等着：你印象最深的是什么？这次归自伦敦，不必等问，我逢人便说，印象最深的是黄水仙，那在绿草地上轻轻摇摆着的、明亮的黄水仙。

最初见到这花是在英国朋友家里，是栽在盆中的。“这就是华兹华斯所写的黄水仙。”她指给我们看。只见一丛黄色的花，花瓣形状有些像养在水中的中国单瓣水仙，然而大得多，整个花朵犹如饮黄酒用的大酒杯，在窗台上安静地垂着头，似乎并没有什么特别出色之处。

根据记忆中的诗句，这花应该是“一眼望去千万朵，摇着头儿舞婆娑”的。花盆里、窗台上，显然不是它应该居住的地方。

伦敦已经没有人为的雾，但因天气阴晴不定，时常飞雨飘忽，景色远望总有些朦胧，好像一幅幅水墨濡染的画，颇有我国江南韵味。市内有几处公园，在淡淡的朦胧中，那大片草地总像刚经过细雨浇洗，绿色中常有一小块鲜亮的黄，驱车来去经常看见。“那是黄水仙了。”大家指点说。只是没有停下来看过。

和北京的春天特别短相反，英格兰的春天特别长。晴晴雨雨，迟迟疑疑，乍暖还寒。一天到白金汉郡的一所大宅去参观，这座宅子名为沃德逊府，原属私人，现已交国家。看完外面巍峨的众多尖顶，里面豪华的复杂陈设，便往它所属的园地走去。经过鸟厅、玫瑰亭，又经过一种软皮的大树，我们来到一个长满绿草的山坡。满眼的绿十分滋润丰满，又像是刚下过雨。走着走着，我忽然觉得眼前一亮。

草地上好大一片黄水仙！它们随着微风轻快地摇摆。简直分不清一朵朵花，只觉一片跳动着的嫩黄，让人眼亮心明。它们好像冷不防把景物中那点朦胧揭去了，告诉人们，不管怎样乍暖还寒，看，明媚的春天在这里呢！

我看着，看着，竟没有想到
这景象带给我怎样的珍宝。

又是华兹华斯的诗句。对每一个作者来说，他的所见所闻不知什么时候会给作品添上胜过珍宝的光辉。对于每一个看花人来说，自然的生命的欢乐又是艺术的力量比不上的。这后一点也许需要存疑，或者说对作者是一种鞭策。

以后在格林威治公园、克有皇家公园都看到大片黄水仙翩跹起舞，每次都使我惊喜。这大片的花总少不了更大片的绿草地做背景，使人于惊喜中又感到开阔而踏实。同伴们回国后，我独自留在伦敦。每天走约二十分钟的路去乘地铁，到大英图书馆看书。二十分钟的路，一路都是住宅。每座房屋前空地不大，但都整治得很好，种着各种花草，其中当然少不了黄水仙。它们一丛丛站在绿草间，调皮地把头歪来歪去。

英国人喜欢黄水仙是无疑了，有华兹华斯的诗为证。它一定也是容易种的，才这样随处可见。它很普通，绝不孤芳自赏。每一棵每一朵都很平淡，但是成为一大片时却那样活泼，那样欢乐，那样夺目，又那样朴素。它们形成群体时才充分显示出自己这一种花的美。它们每一朵每一棵都互相依靠，而且紧挨着绿草地的胸怀。

一眼望去千万朵
摇着头儿舞婆娑

美丽的黄水仙，这时想已谢了。

我生活过的地方

我爱燕园

我爱燕园。

考究起来，我不是北大或燕京的学生，也从未在北大任教或兼个什么差事。我只是一名居民，在这里有了三十五年居住资历的居民。时光流逝，如水如烟，很少成绩，却留得一点刻骨铭心之情：我爱燕园。

我爱燕园的颜色。五十年代，春天从粉红的桃花开始。看见那单薄的小花瓣在乍暖还寒的冷风中轻轻颤动，便总为强加于它轻薄之名而不平，它其实是仅次于梅的先行者。还没有来得及为它翻案，不要说花，连树都难逃斧钺之灾，砍掉了。于是便总由金黄的连翘迎来春天。因它可以入药，在校医院周围保住了一片。紧接着是榆叶梅热闹地上场，花团锦簇，令人振奋。白丁香、紫丁香，幽远的甜香和着朦胧的月色，似乎把春天送到了每个人心底。

绿草间随意涂抹的二月兰，是值得大书特书的。那是野生的花，浅紫掺着乳白，仿佛有一层亮光从花中漾出，随着轻拂的微风起伏跳动，充满了新鲜，充满了活力，充满了生机。

简直让人不忍走开。紫色经过各种变迁，最后便是藤萝。藤萝的紫色较凝重，也有淡淡的光，在绿叶间缓缓流泻。这时便不免惊悟，春天已老。

夏日的主色是绿，深深浅浅浓浓淡淡的绿。从城里奔走一天回来，一进校门，绿色满眼，猛然一凉，便把烦恼都抛在校门外了。绿色好像是底子，可以融化一切的底子，那文眼则是红荷。夏日荷塘是我招待友人的保留节目。鸣鹤园原有大片荷花，红白相间，清香远播。动乱多年后，寻不到了。现在勺园附近、朗润园桥边都有红荷，最好的是镜春园内的一池，隐藏在小山之后，幽径曲折，豁然得见。红荷的红不同于桃、杏，鲜艳中显出端庄，就像白玉兰于素静中显出华贵一样。我曾不解为什么佛的宝座作莲花状，再一思忖，无论从外貌或品德比较，没有比莲花更适合的了。

秋天的色彩令人感到充实和丰富。木槿的花有紫有白，紫薇的花有紫有红，美人蕉有各种颜色，玉簪花则是玉洁冰清，一片纯白。而最得秋意的是树叶的变化。临湖轩下池塘北侧一排高大的银杏树，秋来成为一面金色高墙，满地落叶也是金灿灿的，踩上去不由生出无限遐想。池塘西侧一片灌木不知名字，一个叶柄上对称地生着秀长的叶子，着雨后红得格外鲜亮。前年我为它写了一篇小文《秋韵》，去年再去观赏时，却见树丛东倒西歪，让人踩出一条路。若再成红霞一片，还不知要多少年！我在倒下的枝叶旁徘徊良久，恨不能起死回生！

“文化大革命”中滋长的破坏习性，什么时候才能改变?!

一望皆白的雪景当然好看，但这几年很少下雪。冬天的颜色常常是灰蒙蒙的，很模糊。晴时站在未名湖边四顾，天空高处很蓝，愈往边上愈淡，亮亮地发白，枯树枝桠、房屋轮廓显出各种姿态，像是一幅没有着色只有线条的钢笔画。

我爱燕园的线条。湖光塔影，常在从燕园离去的人的梦中。映在天空的塔身自不必说，投在水中的塔影，轮廓弯曲了，摇曳着，而线条还是那么美！湖心岛旁的白石舫，两头微微翘起，有一点弧度，显得既圆润又利落。据说几座仿古建筑的檐角，就是因为缺少了弧度，而成凡品。湖西侧小山上的钟亭，亭有亭的线条，钟有钟的线条，钟身上铸了十八条龙和八卦。那几条长短不同的横线做出的排列组合，几千年来研究不透。

我爱燕园的气氛，那是人的活动造成的。每年秋天，新学年开始，园中添了许多稚气的脸庞。“老师，六院在哪里?”“老师，一教怎样走?”他们问得专心，像是在问人生的道路。每年夏天，学年结束，道听途说则是:“你分在哪里?”“你哪天走?”布告牌上出现了转让车票、出让旧物的字条。毕业生要到社会上去了，不知他们四年里对原来糊涂的事明白了多少，也不知今后会有怎样的遭遇。我只觉得这一切和四季一样分明，这是人生的节奏。

有时晚上在外面走——应该说，这种机会越来越少了——看见图书馆灯火通明,像一条夜航的大船,总是很兴奋。那凝聚着教师与学生心血的智慧之光,照亮着黑暗。这时我便知道,糊涂会变成明白。

三角地没有灯,却是小小的信息中心,前两年曾特别热闹,几乎天天有学术报告,各种讲座,各种意见,显示出每个人都用自己的头脑在思索,一片绚烂胜过自然间的万紫千红。这才是燕园本色！去年上半年骤然冷落,只剩些舞会通知、电影广告和遗失启事,虽然有些遗失启事很幽默,却总感到茫然凄然。近来又恢复些生气。我很少参加活动,看看布告,也是好的。

我爱燕园中属于我自己的记忆。我扫过自家门前雪,和满地扔瓜子壳儿的男士女士们争吵过。我为奉老抚幼,在衰草凄迷的园中奔走过。我记得室内冷如冰窖的寒冬,也记得新一代水暖工送来温暖的微笑。我那操劳一生的母亲怀着无限不安和惦念在校医院病逝,没有足够的人抬她下楼。当天,她所钟爱的狮子猫被人用鸟枪打死,留下一只尚未满月的小猫。这小猫如今已是十一岁,步入老年行列了。这些记忆,无论是美好的还是痛苦的,都同样珍贵。因为那属于我自己。

我爱燕园。

燕园碑寻

燕园西门，古色古香，挂着宫灯的那一座，原是燕京大学的正门。当时车辆进出都走这个门，往燕南园住宅区的大路也是从西边来。上一个斜坡，往右一转，可见两个大龟各驮着一块石碑，分伏左右。这似乎是燕南园的入口了，但是许多年来，并没有设一个路牌指出这一点，实在令人奇怪。房屋上倒是有号码，却也难寻找。那些牌子的挂处特别，有的颇为浪漫地钉在树上，有的妄想高攀，快上了房顶。循规蹈矩呆在门口的，也大多字迹模糊，很不醒目。

不过总算有这两座碑为记，其出处据说是圆明园。燕园里有很多古物，像华表、石狮子、一块半块云阶什么的，都来自圆明园。驮碑的龟首向南，上得坡来先看到的是碑的背面，上面刻有许多名字。我一直以为是捐款赞助人，最近才看清上写着“圆明园花儿匠”几个大字，下面是名单。看来皇帝游园之余，也还承认花儿匠的劳动。这样，我们寻碑的小小旅行便从对劳动者的纪念开始了。

两个大龟的脖颈很长，未曾想到缩头。严格说来这不是龟，而是龙生九子的一种，那名字很难记。东边的一个不知被谁涂红了大嘴和双眼，倒是没有人怀疑会发大水。一代一代的孩子骑在它们的脖颈上，留下些值得回忆的照片。碑的正面刻有文字，东边这块尚可辨认：

>……于内苑拓地数百弓，结篱为圃，奇葩异卉杂莳其间，每当露蕊晨开，香苞午绽，嫣红姹紫，如锦如霞。虽洛下之名园河阳之花县不足过也。伏念天地间，一草一木皆出神功……以祀花神，从此寒暑益适其宜，阴阳各遵其性。不必催花之鼓，护花之铃，而吐蕊扬花四时不绝……

倒是说出一点百花齐放的道理。立碑人名字不同，都是圆明园总管。一立于乾隆十年，花朝后二日；一立于十二年，中秋后三日。已是两百多年前的事了。

从燕南园往北，有六座中西合璧的小院，以数目名。多为各系的办公室。在一、二、三院和四、五、六院之间，原是大片草地，上有颇具规模的假山，还有一大架藤萝，后因这些景致有“不生产”的罪名，统统被废。这块地变成苹果园，周围圈以密不通风的松墙，保护果实。北头松墙的东西两端，各有大碑，比松墙高些，露出碑顶。过往的人，稍留心的怕也以为是什么柱子之类，不会想到是怕人忘却的碑。

从果树下钻过去，挤在碑前，可见上有满汉两种文字。碑身很高，又不能爬到大龟身上，只能观察大概。两碑都是康熙二十四年为四川巡抚杭爱立的。东边是康熙亲撰碑文，写明“四川巡抚都察院右副御史加五级谥勤襄杭爱碑文”，文中有“总藩晋地，著声绩于当年；拥节关中，弘抚绥于此境”的句子。据《清史稿》载，杭爱先任山西布政使，擢陕西巡抚，又调四川镇压叛乱，大大有功。西边碑上是康熙特命礼部侍郎作的祭文，这两碑应该立在杭爱坟墓之前，可是坟墓也不知哪里去了。

北阁以北的小山顶上，荒草丛中，有一座不大像碑的碑。乍一看，似是一块断石；仔细看，原来大有名堂。碑身上刻有明末清初画家蓝瑛的梅花，碑额上有乾隆题字。梅花本来给人孤高之感，刻在石上，更觉清冷。有几枝花朵还很清晰，蕊心历历可见。若不是明写着蓝瑛梅花石碑，这碑也许早带着几枝梅花去垫墙基屋角了，本来这种糊涂事是很多的。现在它守着半山迎春开了又谢，几树黄栌绿了又红，不知还要过多少春秋。燕园年年成千上万的人来去，看到这碑的人可能不多。不过，不看到也没有什么可遗憾。

再往北到钟亭下面，有一个小小的十字路口。我在这里走了千万遍。有时会想起培尔·金特在十字路口的遭遇，那铸纽扣的人拿着勺，要把他铸成一粒纽扣，还没有窟窿眼儿。十字路口的西北面有近几年立的蔡孑民先生像，西南面有一块正式的乾隆御碑，底座和碑边都雕满飞龙，以保护御笔。碑身是横放的长方形，两面有诗，写明种松戏题，丁未仲春中游御笔，并有天子之宝的御印。乾隆的字很熟练，但毫无秀气，比宋徽宗的瘦金体差远了。义山诗云："古来才命两相妨"，像赵佶李煜这样的人，只能是误为人主吧。

从小山间下坡，眼前突然开阔。柳枝拂动，把淡淡的水光牵了上来，这就是未名湖了。过小桥，可见德才兼备体健全七座建筑。"文革"中改名曰红几楼红几楼，不知现在是否又改了回来。其中健斋是座方形小楼，靠近湖边。住在楼中，可细览湖上寒暑晨昏各种景色。健斋旁有四扇石碑，一排站着，上刻两副对联："画舫平临苹岸润，飞楼俯映柳荫多"、"夹镜光澄风四面，垂虹影界水中央"。据说是和珅所刻，原立在湖心岛旁石舫上的小楼前，小楼毁后移至此。严格说来并不是碑。它写景很实，画舫指的是石舫，飞楼当指那已不复存在的舱楼。夹镜指湖，垂虹指桥，全都包括在内了。"平临苹岸"一句，平苹同音，不好。其实苹字可以改作另一个带草头的字，可用的字不少。

从未名湖北向西，到西门内稍南的荷池，荷池不大，但夏来清香四溢，那沁人肺腑的气息，到冬天似乎还可感觉。一九八九年五月四日，荷池旁草地上，新立起一座极有意义的碑，它不评风花雪月，不记君恩臣功，而是概括了一段历史，这就是国立西南联合大学纪念碑。这碑原在昆明现云南师大校园中的一个角落里，除非特意寻找，很难看见。为了纪念那一段不平凡的日子，为了让更多的人知道历史，作为组成西南联大的三校之一的北京大学和西南联大校友会做了一件大好事，照原碑复制一碑立在此处。

碑的正面是碑文，背面刻有全体为抵抗日本侵略，为保卫祖国而从军的学生名字。碑文系冯友兰先生撰写，闻一多先生篆额，罗庸先生书丹，真乃兼数家之美。文章记述了西南联大始末，并提出可纪念者四。首庆中华古国有不竭的生命力："盖并世列强，虽新而不古，希腊、罗马，有古而无今。唯我国家，亘古亘今，亦新亦旧，斯所谓'周虽旧邦，其命维新'者也。"次论三校合作无间："同无妨异，异不害同，五色交辉，相得益彰，八音合奏，终和且平。"第三说明："万物并育而不相害，道并行而不相悖，小德川流，大德敦化，此天地之所以为大。斯虽先民之恒言，实为民主之真谛。"第四指出古人三次南渡未能北返："风景不殊，晋人之深悲；还我河山，宋人之虚愿。吾人为第四次之南渡，乃能于不十年间，收恢复之全功，庾信不哀江南，杜甫喜收蓟北。"实可纪念。文章洋溢着一种爱国家、爱民族、爱理想的深情，看上去，真不觉得那是刻在一块冰冷的石头上。

几十年来，碑文作者遭遇了各种批判、攻击乃至诋毁、诬蔑，在世界学者中实属罕见。一九八〇年我到昆明，瞻仰此碑，曾信手写下一首小诗："阳光下极清晰的文字/留住提炼了的过去/虽然你能证明历史/谁又来证明你自己。"也许待那

"自己"变为历史以后，才会有别的证明。证明什么呢？证明一个人在人生最后的铸勺里，化为一枚有窟窿眼儿的纽扣？

每于夕阳西下，来这一带散步，有时荷风轻拂，有时雪色侵衣。常见有人在认真地读那碑文，心中不免觉得安慰。于安慰中，又觉得自己很傻，别人也很傻，所有做碑的人都很傻。碑的作者和读者终将逝去，而"断碣残碑，都付与苍烟落照"。不过，就凭这点傻劲儿，人才能一代一代传下去。还会有新的纪念碑，竖立在苍烟落照里。

燕园墓寻

提起燕园的墓，最先就会想到埃德加·斯诺安眠的所在。那里原是花神庙的旧址，前临未名湖，后倚一小山，风水绝佳。岸边山下，还有花神庙旧山门。在燕园居住近四十年，见这山门的颜色从未变过，也不见哪一天刷新，也不见哪一天剥落，总是一种很旧的淡红色，映着清波，映着绿柳。

下葬在一九七二年。那天来了许多要人，是一大盛事。据说斯诺遗嘱葬他一部分骨灰在此，另一部分撒进了纽约附近的赫德孙河，以示他一半属于美国，一半属于中国。分得这样遥远，我总觉得不大舒服，当然这是多虑。一块天然的大石头盖住了墓穴，矮长的墓碑上简单地刻着名字和生卒年月，金色的字，不久便有几处剥落了。周围的冬青，十几年也不见长高，真是奇怪。

斯诺的名著《西行漫记》曾风行全世界。三四十年代沦陷区的青年因看这书被捕入狱，大后方的青年读这书而更坚定追求的信心。他们追求理想社会，没有人剥削人，没有人压迫人，献身的热情十分可贵，只是太简单了。斯诺后来有一部著作《大河那边》，我未得见。如果他活到现在，不知会不会再写一部比较曲折复杂的书。

另一位美国人葛利普（1870—1946），一九二〇年应聘担任北京大学地质系教授和农商部地质调查所古生物部主任，为中国地质学会创立者之一。他去世后先葬在沙滩北大地质馆内，一九八二年迁至燕园西门内。这里南临荷池，北望石桥，东面是重楼飞檐的建筑，西面是一条小路。来往的人很容易看见他的名字，知道有这样一位朋友。这大概是墓的作用。

还有一位英国朋友的墓可真得寻一寻了，不仔细寻找是看不见的。前两年，经一位燕京校友指点，我们在临湖轩下靠湖的小山边走来走去许多遍，终于在长草披拂中找到一块石头，和其他石头毫无区别，只上面写着"Lapwood"几个英文字和"1909—1984"几个数字。只此而已，没有别的记载。

赖朴吾曾是燕京大学数学系教授，北平沦陷时曾越过封锁线到过平西游击区，和抗日游击队有联系。解放后他回英国任剑桥大学数学系主任。一九八四年来华讲学，在北京病逝，遗愿"把骨灰撒在未名湖边的一个小小的花坛里"。大概原是不打算留下名字的，所以葬在草丛中大石下，让人寻找。

这几天在未名湖边散步，忽然发现临湖轩下小山脚的草少了许多。赖朴吾的名字赫然分明，再没有草丛遮掩。旁边一块较小的石上，又添了一个外国名字和数字"1898—1981"。因照签名镌刻，认辨不出是哪一位。经过多方打听，才知道这不是墓，而是纪念碑。那名字是 Sailor，即故燕京大学心理系教授夏仁德，美国人。

据说夏仁德是虔诚的基督徒，但二十世纪三十年代的青年学生，在他指定的参考书中第一次接触了《共产党宣言》。北平沦陷时，进步学生常在他家中集会。他曾通过各种关系，将许多医药器材送进解放区。解放后返回美国，后来人们渐渐不知道他了。现在燕京校友将他的名字刻在石上，以示不忘。

这几个朋友的墓使我感到一种志在四方的胸怀。我们总希望叶落归根，异域孤魂是非常凄惨的联想。而他们愿意永远留在这未名湖边，傍着旧石，望着荷田，依着花神庙。也许他们的家乡观念淡泊些？也许他们认为，自己所爱的，便是超乎一切的选择？

离葛利普不远，在原燕京图书馆南面小坡旁，有两座碑，纪念四位青年学子。我一直以为那是墓，所以列入"墓寻"篇，这次仔细观察，始知是纪念碑。两座碑都是方形柱，高约两米，顶端是尖的，使人想起"刺破青天锷未残"的诗句。

四位同学都是一九二六年"三一八"事件中的遇难者。北面的一座纪念三位北京大学学生。四方柱上三面刻"三一八"遇难烈士名字。他们是：张仲超，陕西三原人氏，二十三岁；黄克仁，湖南长沙人氏，十九岁；李家珍，湖南醴陵人氏，二十一岁。背面刻"中华民国十有八年五月卅日立石"，下有铭文，曰:“死者烈士之身,不死者烈士之神。愤八国之通牒兮,竟杀身以成仁。唯烈士之碧血兮,共北大而长新。踏着三一八血迹兮,雪国耻以敌强邻。繄后死之责任兮,誓尝胆以卧薪。北大教授黄右昌撰。”黄右昌不知何许人。立碑时这里还是燕京大学。倒是巧得很,以后北大迁来了。

南面一座纪念燕京大学二年级女学生魏士毅。有说明本来同学们打算把她葬在这里,因家属不同意,乃立碑“用申景慕”。碑文和铭文都简练而有感染力。碑文如下:“劬学励志,性不容恶,尝慨然以改革习俗为己任。民国十五年三月十八日北京各学校学生为八国通牒事参加国民大会至国务院请愿,女士与焉,遂罹于难。年二十有三岁。”铭曰:“国有巨蠹政不纲,城狐社鼠争跳梁,公门喋血歼我良,牺牲小己终取偿。北斗无酒南箕扬,民心向背关兴亡。愿后死者勿相忘。”碑最下方书:“燕大男女两校及女附中学生会全体会员立。”

这一带环境变迁很大,实际上人的忘性也很大。有多少人记得这里原来的那一片树林,那一片稻田?记得那林中的幽僻和那田间的舒展?我曾在震耳的蛙声中,在林间小路上险些踩上一条赤链蛇。现在树林稻田都已消失,代之而起的是留学生楼——勺园,蛙声则理所当然地为出租车声代替了。

幸好这两座烈士纪念碑依旧。碑座上还不时会出现一两束新摘的野花,在绿荫中让人眼前一亮。

长勿相忘。

燕园居民中传着一种说法，说是园中还有许多无形的、根本寻不出的墓。那是未经任何手续，悄悄埋在这风景佳胜处的。对于外人来说，就无可寻考了。只有亡人的亲人，会在只有自己知道的角落，在心里说些悄悄话。也许在风前月下，在杳无人迹的清晨与黄昏，还会有小小的祭奠。

祭奠与否亡灵并不知道，实在是生者安慰自己的心罢了。墓其实也是为活人设的。在燕园寻墓迹的同时，也在为已去世十三年的母亲在燕园外安排一个永栖之所，要它像个样儿，不过是活人看着像样而已，也许潜意识里更为的是让以后有这等雅兴的人寻上一寻。

风庐乐忆

清华园乙所曾是我的家。它位于园内一片树林之中。小时候觉得林子深远茂密，绿得无边无涯，走在里面，像是穿过一个梦境。抗战时在昆明，对北平的怀念里，总有这片林子。及至胜利后，再住进乙所，却发现这林子不大，几步便到边界，也没有回忆中的丰富色彩。

复员后的一年夏天，有人在林中播放音乐，大概是所谓的音乐茶座吧。凭窗而立，音乐像是从绿色中涌出来，把乙所包围了，也把我包围了。常听到的有舒伯特的《未完成交响曲》，这是很少的我记得旋律的乐曲之一。还有贝多芬的《田园》，莫扎特的弦乐四重奏，柴可夫斯基的《悲怆》等。每当音乐响起时，小树林似乎扩大了，绿色显得分外滋润，我又有了儿时往一个梦境深处飘去的感觉。

清华音乐室很活跃，学生里音乐爱好者很多。学余乐手颇不乏人，还出了些音乐专业人才。我是不入流的，只是个不大忠实的听众而已。因为自己有的唱片很有限，常和同学一起到美国教授温德先生家听音乐。温德先生教我们英诗和莎士比亚,又深谙古典音乐。他没有家室,以文学和音乐为伴。在他那里听了许多经典名作,用的大都是七十八转唱片。每次换唱片,他都用一个圆形的软刷子把唱片轻刷一遍,同时讲解几句。他不是上课,不想灌输什么。现在大家都不记得他讲什么,却记得他最不喜欢柴可夫斯基,认为柴可夫斯基太感伤。有一次听肖邦,我坐在屋外台阶上,月光透过掩映的花木照下来。我忽然觉得肖邦很有些中国味道。后从《傅雷家书》中得知确实中国人适合弹肖邦。有很长一段时间,我最偏爱肖邦。

以后在风庐里住的约四十年中,听音乐的机会随客观情况的变化而忽少忽多,只是再没有固定的音乐活动了,也没有人义务为大家换唱片了。最后一次见到温德是在北大校医院楼梯口,他当时已一百岁,坐在轮椅上,盖着一条毯子。我忙趋前问候。他用英语说:“他们不让我出去!告诉他们,我要出去,到外面去!”我找到护士说情。一位说,下雨呢,他不能出去。又一位说,就是不下雨,也不能去。我只好回来婉转解释,他看住我,眼神十分悲哀。我不忍看,慌忙告别下楼去,一路蒙蒙细雨中,我偏偏仿佛听到柴可夫斯基第六交响曲中那段最哀伤的曲调。温德先生听见了什么,我无法问他。

这几年稳定,便成为愈来愈忠实的听者,海淀这边有音乐会时,常偕外子前往。好几次见满场中只有我两人发染银霜,也不觉得杂在后生群中有什么不妥。有一次中央乐团先演奏一个现代派的名作,休息后演奏贝多芬的第七交响曲,在饱受奇怪音响的磨难之后，觉得第七交响曲真好听！它是这样活泼而和谐，用一句旧话形容，让人全身三万六千个毛孔都通开了。又一次有一位苏联女钢琴家来演奏拉赫玛尼诺夫第二钢琴协奏曲，于是满怀热望到场，谁知她的演奏十分苍白无力。我却也不沮丧，总算当场听过一次了。在海淀听过几次肖斯塔科维奇，发现他是那样深刻，和我们的心灵深处很贴近很贴近。一九九一年严冬，我刚结束差不多一年病榻生活，还曾不顾家人反对，远征到北京音乐厅听莫扎特的安魂曲。记得刚一看见“莫扎特”这几个字，便感到安慰。

严肃音乐不景气，音乐会少多了。要听音乐，当然还是该自己拥有设备。我毫无这方面的志向，只是书已够我对付，够我“恨”了，怎受得了再加上磁带、唱片、CD什么的。我憧憬的是家徒四壁，想看书到图书馆，想听音乐一按收音机。许多国家有专播古典音乐的电台，我希望我们在这一点能赶上，不必二十四小时，八小时也够了，可不能安排在夜里。

现代音乐理论家黎青主曾说音乐是“上界的语言”，并引马丁·路德的诗句：“谁从事音乐就是有了一份上界的职业。”他自己解释说，意即音乐是灵魂的语言，是灵界的一种世界语言。音乐在诸门艺术中确是最直接诉诸灵魂的，是没有国界的。对“上界的语言”这话，我还想到两层意思：一是可以用来形容音乐的美，另一层意思我用一句话来表达，那就是，能听一点音乐的人有福了。

小东城角的井

昆明是我的第二故乡。

抗战八年，居住昆明，十分思念北平，总觉得北平的一草一木都是好的。回到北京后，又十分思念昆明，思念昆明那蓝得无底的天，乡下路旁没有尽头的木香花篱，几百朵红花聚于一树的山茶，搅动着幽香的海一样的腊梅林，还有那萦绕在我少年时代的抑扬顿挫的昆明语调。

人就是这样，那远处的总是好一些。至于那逝去的，不可回复的，更是带有神秘色彩，一辈子都可以反复玩味——如果有时间的话。

一九三八年至一九四六年，我家在昆明市内和近郊迁移过多次。曾有约一年时间，住在小东城角。一个小花园中有两幢小楼，我们和叔父景兰先生一家住在里面一幢，大门边的一幢由房东自己住。园中花木扶疏，颇为清雅，还有一口井。

刚搬过去时，我们几个孩子总爱到井边去，俯在石栏上向下看。那是一面黯淡的镜子，照出我们好奇的高兴的脸儿。那水很满，惹人想去摸一摸。但我们从未去搅动，只是看着。

有时大喊一声，井里立刻有微弱的回声，好像井底住着什么精灵。我们便叫："出来出来！"当然什么也没出来。

房东一家和我们不大来往，后来他们家来了一个梳两条细辫子的少女。据说是远房亲戚。她常到井边打水，对我们笑笑，不说话。在大门边遇见几次她问房东太太："咋个整？"不知问的是关于家务还是她自己的事。

"咋个整"是我们最先学会的几句昆明话之一。我们也常常要问"咋个整"，听人问这话也很觉亲切。

在小东城角住时还有一个重要节目，就是到附近一个图书馆看书，星期日或假日常常去。

似乎是叫作绥靖路图书馆，房间不大，有许多旧小说，读者秩序极好。有一本《兰花梦》给我印象很深。至今能记得其中情节。一户显赫人家有两个女儿，次女出生时家人都盼是个男孩子，不幸是女孩，便假充男儿教养。她冒充男人事事成功，状元得中，高官得做，但不忘自己是个女儿身，不愿在做女人方面有所欠缺，要求丫鬟为自己缠足。后来嫁了一个样样逊她一筹的同僚，被虐至死。书中加了个尾巴，说她返回天上做仙女去了。

一次从图书馆回家，见房东家的那位少女倚在门口，望着路的一端。她对我笑笑，轻轻说了一句："咋个整？"不知是自问还是问我。我仰头看她，她却又转脸望着路的一端。

次日早饭后，母亲对我们说，不要到井边去玩。我说，井边有栏杆。母亲温和地加重语气说:“不要去了,听见么?”

然而花园很小,我们站在门前,便见房东太太和几个人站在井边,指指点点说什么。

几天不见那少女,后来才知道,她投井死了。

大家都觉得很恐怖。又过了些日子,恐怖的感觉渐渐淡了。我悄悄地到井边看,只见花木依旧,井栏边布满青苔,一片碧绿。大着胆子俯身看井,水仍是很满。我不敢仔细辨认自己的脸,看了一眼便跑开。心想跳井似乎是很容易的。

有很长时间,我把那少女和《兰花梦》中人连在一起,虽然她们的身份悬殊。

在记忆的深井里,往事已经模糊。小东城角究竟是否真有过这样一位少女,很难说。也许是因为习惯于想象,把幻想添了进去。

然而那一口井,是确实存在过的。

京西小巷槐树街

这是一条长不足百米的胡同，两侧皆植槐树，掩映着一个个小宅院。名为槐树街，可谓名副其实。这一带街道，再没有种槐树的，若寻槐树街，认准槐树便是。

可能因为短小，人们说到它时，加之以“儿”——槐树街儿，似乎很亲热。树荫后面人家，经过许多变迁了，门前高台阶大都破旧不堪，双扇院门上的对联字迹模糊，很难辨认。有些双扇门已改为房门一样单扇门了，开在胡同里，有点不伦不类。但那门前歪斜的台阶，门上剥落的字迹，以及两行槐树，仍然像北京的数千条胡同一样，给人一种遥远的、宁静的气氛。

这个居民点总称成府，位于北大和清华之间。以前的燕京和清华，现在的北大和清华，都有教职工住在这里。

一个黄昏，我站在槐树街口，目的是看一看槐树街十号。

找到十号。门洞窄小，房子没有格局，直觉地感到不对。一个人出来说，原来的十号改为九号了，请到隔壁。

隔壁有几层台阶，门扇依然完好，若油漆一下，还是很像样的。经过仔细辨认,认清了门上的字,“中心育物,和气生春”。

我不记得这副对联。

进门向右,穿过一个小夹道,眼前豁然开朗,这是一个真正的四合院,正门朝北,垂花门开在西侧,正房对面建有南房。四面房屋都很整齐,木格窗,正房还有雕花。

院中几个人在闲坐,拿着蒲扇。旁边一棵石榴,正开着火红的花朵。正房前搭葡萄架,翠绿的叶子垂下来。多少年不见这样的院子了!

“这是我的出生地,就在这北房里。”寒暄后说明来意。

他们大概是东厢房的住户,很殷勤,却没有邀我进房去参观。只问:“走了多少年了?出国了吧?”

其实我出生后两个月,随父母迁到清华。转了几十年,并没有转出北大清华这一带,很觉惭愧,只好含糊应了一句。

“我们是北大的职工,这房子属北大,新十号属清华。”他们介绍,“现在这院子住了八家。”

四面房屋前都搭了小棚屋,还停着一辆平板车,上有玻璃罩,写着“米酒”。

“是第二职业了?”我笑问。他们说是邻居的,当然是业余的。

告辞时主人说欢迎常来。我知道我不会常来。

出了门,见斜对过有彩灯一闪一闪,原来是开了一家冷饮小店。记得邻近的蒋家胡同有一间常三酒馆，当年是燕京学生们谈心的好地方，专营海淀莲花白，那酒有的粉红，有的青绿。后来酒馆改为门市部，专营全世界到处买得到的东西。走过时张望了一下，心中诧异，怎么没有听说常三酒馆要重新开张。

走过新建的砖房，简直说不出是什么式样。两墙之间有一条极窄小的胡同，仅容一人行走，通过去不知是哪里。墙上挂着崭新的牌子“新胡同”，也是名副其实。

一阵清脆的笑声，从新胡同跑出几个女孩子。她们是要跳房子还是跳皮筋？我站住等着。她们不跳什么，笑着跑远了，把笑声留在胡同里。

梦回蒙自

对我的父亲——冯友兰先生来说，蒙自是一个有特殊意义的地方。

一九三八年春，北大、清华、南开三校从暂驻足的衡山湘水，迁到昆明，成立了西南联合大学。因为昆明没有足够的校舍，文学院和法学院移到蒙自，停留自四月至八月。我们住在桂林街王维玉宅，那是一个有内外天井、楼上楼下的云南民宅。一对年轻夫妇住楼上，他们是陈梦家和赵萝蕤。我们住楼下。在楼下一间小房间里，父亲修订完毕《新理学》，交小印刷店石印成书。

《新理学》是哲学家冯友兰哲学体系的奠基之作，初稿在南岳写成。自序云："稿成之后，即离南岳赴滇，到蒙自后，又加写鬼神一章，第四章、第七章亦大修改，其余各章字句亦有修正。值战时，深恐稿或散失。故于正式印行前，先在蒙自石印若干部，分送同好。"此即为最初的《新理学》版本。其扉页有诗云："印罢衡山所著书，踌躇四顾对南湖。鲁鱼亥豕君休笑，此是当前国难图。"据兄长冯钟辽回忆，父亲写作时，他曾参加抄稿。大概就是《心性》《义理》和《鬼神》这几章。我因年幼，涂鸦未成，只会捣乱，未获准亲近书稿。

《新理学》石印现仅存一部，为人民大学石峻教授所藏。纸略作黄色，很薄，字迹清晰。这书似乎是该在煤油灯或豆油灯下看的。

蒙自是个可爱的小城。文学院在城外南湖边，原海关旧址。据浦薛凤记："一进大门，松柏夹道，殊有些清华工字厅一带情景。故学生有戏称昆明如北平，蒙自如海淀者。"父亲每天到办公室，我和弟弟钟越随往。我们先学习一阵（似乎念过《三字经》），就到处闲逛。园中林木幽深，植物品种繁多，都长得极茂盛而热烈，使我们这些北方孩子瞠目结舌。记得有一段路全为蔷薇花遮蔽，大学生坐在花丛里看书，花丛暂时隔开了战火。几个水池子，印象中阴沉可怖，深不可测，总觉得会有妖物从水中钻出。我们私下称之为黑龙潭、白龙潭、黄龙潭，不知现在去看，还会不会有这样的联想。

南湖的水颇丰满，柳岸荷堤，可以一观。有时父母携我们到湖边散步。那时父亲是四十三岁，半部黑髯（胡子不长，故称半部），一袭长衫，飘然而行。父亲于一九三八年自湘赴滇途经镇南关折臂，动作不便，乃留了胡子。他很为自己的胡子长得快而骄傲。当年闻一多先生参加步行团，从长沙一步步走到昆明，也蓄了大胡子。闻先生给家人信中说："此次搬家，搬出好几个胡子。但大家都说，只我和冯芝生的最美。"

记得那时有些先生的家眷还没有来，母亲常在星期六轮流请大家用点家常饭。照例是炸酱面，有摊鸡蛋皮、炒豌豆尖等菜肴。以后到昆明也没有吃过那样好的豌豆尖了。记得一次听见父亲对母亲说，朱先生（自清）警告要来吃饭的朋友说，冯家的炸酱面很好吃，可小心不要过量，否则会胀得难受。大家笑了半天。

那时新滇币和中央法币的比值是十比一，旧滇币和新滇币的比值也是十比一，都在流通。用法币计算，鸡蛋一角钱可买一百个，以法币为工资的人不愁没钱用。在抗战八年的艰苦的日子里，蒙自数月如激流中一段平静温柔的流水，想起来，总觉得这小城亲切又充满诗意。

当时生活虽然平静，人们未尝少忘战争。而且抗战必胜的信心是坚定的，那是全民族的信心。一九三八年七月七日，学校和当地民众在旧海关旷地举行抗战纪念集会。父亲出席作讲演，强调一年来抗战成绩令人满意，中国必将取得最后胜利。又言战争固能破坏，同时也将取得文明之进步。并鼓励学术界提高效率。浦薛凤说这次讲演“语甚精当”。

在那战火纷飞的年月，学生常有流动。有的人一腔热血，要上前线；有的人追求真理，奔赴延安。父亲对此的一贯态度还是一九三七年抗战前在清华时引用《左传》的那几句话：“不有居者，谁守社稷？不有行者，谁捍牧圉？”奔赴国难或在校读书都是神圣的职责，可无论做什么都要做好。

清华第十级在蒙自毕业，父亲为毕业同学题词："天将降大任于斯人也，必先苦其心志，劳其筋骨，饿其体肤，空乏其身，行拂乱其所为，所以动心忍性，增益其所不能。第十级诸同学由北平而长沙衡山，由长沙衡山而昆明蒙自，屡经艰苦，其所不能，增益盖已多矣。书孟子语为其毕业纪念。"

一九八八年第十级毕业五十年，要出一纪念刊物。王瑶（第十级学生）教授来请父亲题词，父亲题诗云："曾赏山茶八度花，犹欣南渡得还家。再题册子一回顾，五十年间浪淘沙！"

如今又是五年过去了，父亲也去世三年有余了。岁月流逝，滚滚不尽；哲人留下的足迹，让人长思。

云在青天

二〇一二年九月九日，我离开了北京大学燕南园，迁往北京郊区。我在燕南园居住了六十年。六十年真的很长，我从满头黑发的青年人变成发苍苍而视茫茫的老妪。可是回想起来也只是一转眼的工夫。六十年中的三十八年，我有父母可依。还有二十二年，是我自己的日子。在这里，在燕南园，我送走了母亲（一九七七年）和父亲（一九九〇年），也送走了夫君蔡仲德（二〇〇四年）。最后八年，陪伴着我的是花草树木。

九月间玉簪花正在怒放，小院里两行晶莹的白。满院里都飘浮着香气。我们把玉簪花称为五十七号的院花，花开时我总要摘几朵养在瓶里，便是满屋的香气。我还想挖几棵带到新居，但又想，今年天气已渐冷，不是移植的时候了。它们在甬路边静静地看着我离开，那香气随着我走了很远。

院里的三棵松树现在只剩两棵，其中一棵还是后来补种的。原有的一棵总是那么地枝繁叶茂，一层层枝干遮住屋檐的一角，我常觉得它保护着我们。这几年，只要我能走动，便在它周围走几步，抱一抱它。现在，我在它身边的时间越来越短，因为已不能久站。我离开的时候，特意走到它身旁拥抱它，向它告别。如果它开口讲话，我也不会奇怪。

北京大学哲学系主任王博和几位朋友来送我，我把房屋的钥匙交给王博，是他最早提出建立故居的想法。我再来时将是一个参观者。我看了一眼门前的竹子，摸了一下院门两旁小石狮子的头，上了车，向车窗外无目标地招手。

车开了，我没有回头。

决定搬家以后，我尽量找机会再去亲近一下燕园，最主要的当然是未名湖。湖北端的那条石鱼还在，在它的鳍背上缠绕着我儿时的梦。九岁那年，抗日战争爆发，我曾在燕园暂住，常来湖边玩耍，看望这条石鱼。七十多年过去了，我长大了，它还依旧。

现在湖北侧的四扇屏一带有几株腊梅，不过我很少看见它的花，以后也不会看见了。从这里向湖上望去，湖光塔影尽收眼底，对岸的花神庙和石桥也是绝妙的点缀。从几座红楼前向湖边走去时，先看见的是湖边低垂的杨柳和它后面明亮的水光。不由得想到"杨柳依依"这四个字。它柔软的枝条是这样婉转妩媚，真好像缠绕着无限的惜别之情。那"依依"两个字，真亏古人怎么想得出来！每次到这里，我总要让车子停住，看一会儿。

在燕园流连的时候，我总在想一件事，在我离开家的时候，正确地说是离开那座庭院的时候，我会不会哭。

车子驶出了燕南园,我没有回头,也没有哭。

有人奇怪,我怎么还会有搬家的兴致。也有朋友关心地一再劝说老年人不适合搬家。但这不是我能够考虑的问题。因为“三松堂”有它自己的道路。一九五二年院系调整,冯友兰先生从清华园乙所迁到北大燕南园五十四号。一九五七年开始住在五十七号。他在这里写出了他最后一部巨著《中国哲学史新编》。他在《自传》的《序言》中有几句话:“三松堂者,北京大学燕南园之一眷属宿舍也,余家寓此凡三十年矣。十年动乱殆将逐出,幸而得免。庭中有三松,抚而盘桓,较渊明犹多其二焉。”这是“三松堂”的得名由来。北京大学已经决定将“三松堂”建成冯友兰故居,以纪念这一段历史,并留下一个完整的古迹。这是十分恰当的,也是我求之不得的。我必须搬家,离开我住了六十年的地方。

搬家就需要整理东西,我眼看着凌乱的弃物,忽然觉得我很幸运,我在生前看到了死后的情景。“三松堂”内的书籍我已先后做了多次捐赠。父亲在世时,便将一套《百衲本二十四史》赠给家乡唐河县图书馆。父亲去世后,两三年间,我将藏书的大部分,包括《丛书集成》和《四部丛刊》等分批赠给清华大学思想文化研究所,他们设立了冯友兰文库,后转归历史系,两个大房间装满了一排排的书,能在里面徜徉必是一件乐事。现在做最后的清理,将父亲著作的各种版本和其他的书一千余册赠清华大学图书馆。我曾勉力翻检这批书，有些是我从未见过的，书名也没听说过。如有一本《佛国碧缘击节》，很大的一本书，装帧极好。我很想看一看内容，可是只能用手摸摸。清华大学图书馆很快建立了一间冯友兰纪念室，陈设这些书籍。河南南阳卧龙区档案馆行动较早，几年前便要去了书房、卧室的主要家具。唐河县冯友兰纪念馆建成后，我也赠予了少量家具和衣物等。还有父亲在世时为唐河县美学学会写的一幅字，可能这个组织后来没有成立，这幅字就留在家里。现在正好作为唐河县纪念馆的镇馆之宝。韩国檀国大学有教师在北大学习，知道要建冯友兰故居，便来联系，便也赠给他们几件什物和书籍。他们要在学校中辟出房间，专门摆放，以纪念冯友兰先生。

最主要的东西仍留在"三松堂"，包括照片、各种文稿（含少量手稿）、信件、字画、生活用品、摆件及书籍和家具，还有父亲写的几帧条幅。这里的东西有的并不止限于六十年，几个书柜是从上世纪三十年代便在清华园乙所摆放过的。多年不曾开过的抽屉里，有一叠信封，上印"昆明国立西南联合大学冯笺"，是父亲没有用完的信封。一个旧式的极朴素的座钟，每半小时敲打一次，夜里也负责任地报时。父亲不以为扰，如果哪天不响，反而会觉得少了什么。院中的石磨是母亲用来磨豆浆的，三年困难时期母亲想改善我们的生活，不知从哪里得来这个石磨，但实际没有磨出多少豆浆。这些东西，般般件件都有一个小故事。将来建成后的冯友兰故居,有他的内容在,有他的灵魂在。

我们还发现了一份完整的手稿《新理学答问》。纸已经变黄变脆,字迹却还可以看清。我决定将它送给国家图书馆。在那里已经有了《新世训》《新原人》的手稿,让它们一起迎接未来。

东西是一件一件陆续积累的,散去也不容易,我一批一批安排它们的去处。到现在已近一年,可以说才进入尾声。在这段时间里,一切都进行得很自然,我没有一点感伤。一切事物聚到头,终究要散去的,散往各方,犹如天上的白云。

最有影响的是冯友兰的著作。近来,许多报刊都刊载了韩国总统朴槿惠的话,她说,在她处于生命的最低谷时,是中国哲学家冯友兰的《中国哲学史》像灯塔一样照亮了她的生活。西南联大校友吴大昌写信来,说他看到了二○一二年出版的一本书《冯友兰论人生》,其中一篇文章《论悲观》是为他写的。一九三九年在昆明,他向冯先生请教人生问题,冯先生为回答他的问题写了这篇文章,他得到了帮助。他说:"我是一个受益的学生。我钦佩他的博学深思,也感谢他热心助人。"这都是中国哲学的力量。学中国哲学是一种受用。近年来,有一百多家出版社出版了冯友兰的著作。海外关于冯著的出版也从未断绝。《中国哲学简史》一九四八年问世以来,一直行销不衰。"贞元六书"中的《新原道》于一九四六年经英国人 Hughs 译成英文，名为《中国哲学之精神》在伦敦出版。我一直以为这本书没有能够再版。最近得到消息，这本书在这几十年间，一直有英、美数家出版社出版，隔几年便出一次，最近的一次在二〇〇五年。我非常惊异这本书的生命力，和冯著其他书一样，“文章自有命，不仗史笔垂”，它们勇敢地活着，把力量传播到四方，如同云在青天。

在这个世界上有很多不公道，但还是善良的人居多。对那些关心我、帮助我的人，我永远怀着感激之情。有些帮助是需要勇气的。从这里我看到人的高贵，一些小事也是历历在目。就燕园而言，北大校方对我时有照顾。还有那些不知名的人。地震期间，来帮助搭地震棚的学生和教师，他们走过这里便来帮忙。一次修房，需要把东西搬开，有一个班的学生来义务劳动，很是辛苦。就在我离开燕园的前几天，有人在信箱里放了一张复印件，那是一篇关于父亲的文章(《1948—1949，冯友兰再掌清华》)。放的人大概怕我没有看到。一切的好意我都知晓、领受，不能忘记。

一次从外面回来，下车时，一位中年人过来搀扶，原来是一位参观者。还有一位参观者从四川来，很想向冯先生的照片礼拜一番。当时我的原则是，室内不开放，只能在园内参观。不料，这位先生在甬路上下跪，恭敬地三叩首，然后离去。一位北大校友来信说，他在学校五年，没有到过燕南园。现在要回学校来，目的之一是看看“三松堂”。隔些时就有人来看望“三松堂”,多年来一直是这样。这里仿佛有一个气场,在屋内的房间里,也在屋外的松竹间,充满着“蜡炬成灰泪始干”的执着和对文化的敬重,还有对生活的宽容和谅解。现在,这里将建为冯友兰故居,可以得到大家的亲近。希望这里能继续为来者提供少许的明白和润泽。

我离开了。我没有回头,也没有哭。

我生命中的那些人物

他的“迹”和“所以迹”

——为冯友兰先生一百一十年冥寿作

人寿绝少超过百年，而思想却可以活过百年千年，一直活下去。一九九〇年，我的父亲冯友兰先生去世。头几年，信箱里仍常有他的信件。我看到时总有一种异样的感觉，觉得是混淆了阴阳界。我拆阅，小心地收好，偶然也回复。后来，信渐渐少了，他的著作的传播却从未停止。前两个月又收到寄给冯先生的信。信是一位在北大就读的台湾学生写的。他说：“冯大师，虽然我知道这是一封您收不到的信，但我还是想向您表达敬意。”“‘贞元六书’是改变我一辈子的书，过去我太注重人的动物性，忽略了人的人性，在您的书中我深刻地体会到人性的重要性。”几天后又有人说起读《中国哲学史新编》的体会，说那真是一部浩瀚如海的大文化史。

父亲已经去世了，只能从九天之上俯视我们，而他的书仍活在人间，与我们为伴。

“贞元六书”是冯先生于抗日战争中在一盏油灯下写出的六本书。这六本书构成了他完整的哲学体系。《新世训》有序云:“事变以来,已写三书。曰《新理学》,讲纯粹哲学。曰《新事论》,谈文化社会问题。曰《新世训》,论生活方法,即此是也。书虽三分,义则一贯。”

《新原人》序云:“此书虽写在《新事论》《新世训》之后,但实为继《新理学》之作。”书中提出了人生境界说,要人不断地提高自己的精神境界。《新知言》序云:“前发表一文《论新理学在哲学中底地位及其方法》,后加扩充修正,成为二书,一为《新原道》,一即此书。《新原道》述中国哲学之主流,以见新理学在中国哲学中之地位。此书论新理学之方法,由其方法,亦可见新理学在现代世界哲学中之地位。承百代之流,而会乎当今之变,新理学继开之迹,于兹显矣。”序虽简短,六书各自的地位、彼此的关系,都说得很是明白。

冯先生说,他的哲学是最哲学的哲学,于实际无所肯定。去年,一位老哲学工作者茅冥家先生,写了一本书叫《还原冯友兰》,他的意思就是冯友兰被扭曲了,现在来还原他。这个书写得很内行。他说《新原道》讲形上学的历史,在中国没有一本书讲形上学的历史。如果黑格尔读到这本书,就不会说中国没有哲学了。这是茅冥家先生的意见。我想,做学问就像冯先生在《新原道》序言中说的:“学问之道,各崇所见,当仁不让。”我觉得这个话非常好。当仁不让,这样才能百家争鸣。当然这也要有它的环境。

一九二六年,冯先生在燕京大学任教,教授中国哲学史,就开始酝酿写一部中国哲学史。一九二八年到清华，从此找到了安身立命之地。在那里他一直参与学校的领导工作，在教学和行政工作之余，写出了两卷本的《中国哲学史》，这是我国第一部完整的用现代方法写成的中国哲学史，对这个哲学史我也是越来越认识到它的价值。因为以前读书就是这样读过去，知其然不知其所以然。这些年读到一些文章，如任继愈先生有文章说，冯先生具有高度的概括能力，他用现代的治学方法，把我们中国的哲学史梳理得非常清楚，原来说不清楚的地方现在都说清楚了。例如把惠施哲学归结为合同异，把公孙龙哲学归结为离坚白。大家读起来以为本来就是这样的，其实这是我们前辈学者经过多少辛苦工作整理出来的。其他还有很多例子，例如把王弼的《老子注》和郭象的《庄子注》从《老子》《庄子》的附庸地位中独立出来。美国学者欧迪安特别推崇冯先生关于郭象的文章，把它译成英文。一九九五年我在美国，她用特快专递把译稿寄给我，表示对冯先生的崇敬。

关于冯先生对中国哲学史的贡献，陈来教授有一篇文章，说明了哪些地方是冯先生第一次提出来的，说得很详细。冯先生的这些新见发前人之所未发，也是后人不能改变的事实。

一九四六到一九四七年，冯先生在美国宾州大学讲授中国哲学史，一面和卜德教授一起翻译两卷本的《中国哲学史》。冯先生用英文授课，这个讲稿就是后来的《中国哲学简史》。有人误认《简史》为《中国哲学史》两卷本的缩写本，这是完全错误的。它不是两卷本《中国哲学史》的缩写本，而是一本全新的书。如果只是缩写，内容就只限于两卷本原有的，但这书有冯先生新的研究心得，是在一个新的高度上写出的。它用不长的篇幅把很长的中国哲学史说得极为明白而且有趣，真是一本出神入化的书，我每读都如醍醐灌顶，心神宁静。去年有赵复三先生的新译本，译文准确流畅，也是难得的。

我们迎来了改革开放，冯先生得以用全身心写作《中国哲学史新编》。他用尽了生命写出了这部书，用“春蚕到死丝方尽，蜡炬成灰泪始干”这两句诗来形容实不为过。这部哲学史有它自己的特点，也提出了新的看法。

《新编》自序中说，这部书的特点“除了说明哲学家的哲学体系外，也讲了一些他所处的政治社会环境。这样做可能失于芜杂。但如果做得比较好，这部《新编》也可能成为一部以哲学史为中心而又对于中国文化有所阐述的历史”。我想他是做到了。

《新编》提出了许多新看法。如对佛教的发展过程，提出“格义”“教门”“宗门”三个阶段；又如认为太平天国是向中世纪神权的倒退。最后更提出了“仇必和而解”的论断，指出人类社会应该走上和谐、理解的道理。

父亲曾自撰茔联：“三史释今古，六书纪贞元”，这是他对自己工作的总结，也是他的“迹”。现在要问一问“所以迹”，怎么会有这些“迹”。

有人问我，冯先生一九四八年在美国，为什么回国？我对这个问题很惊讶，他不可能不回国，这里是他的父母之邦，是和他的血肉联结在一起的。政权是可以更换的，父母之邦不能更换。中国文化是他的氧气，他离不开这古老的土地，这种感情不是一个“爱国主义”所能包括的。当然他并没有预测到以后会经历这样坎坷的生活。这也不是冯友兰一个人的经历，他可以说是一个代表人物。

他在《新世训》序中说：“贞元者，纪时也。当我国家复兴之际，所谓贞下起元之时也。我国家民族方建震古烁今之大业，譬之筑室，此三书者，或能为其壁间之一砖一石欤？是所望也。”

《新原人》也有序云：“‘为天地立心，为生民立命，为往圣继绝学，为万世开太平。’此哲学家所应自期许者也。况我国家民族，值贞元之会，当绝续之交，通天人之际，达古今之变。”在这样的情况下，哲学工作者“岂可不尽所欲言，以为我国家致太平，我亿兆安心立命之用乎？虽不能至，心向往之。非曰能之，愿学焉”。

全部“贞元六书”充满着抗战必胜的坚定信念，祖国昌盛、民族复兴的热切期望。对祖国的热爱，是他回国的原因，也是他去留学的原因，也是他全部学术工作的根本动力。抗战胜利西南联大结束，冯先生写了西南联大纪念碑碑文，以纪念这一段历史。有文云：“并世列强，虽今而不古，希腊罗马，有古而无今。唯我国家，亘古亘今，亦新亦旧，斯所谓周虽旧邦，其命维新者也。”我们是数千年文明古国，到现在还是生机勃勃，有着新的使命。新命就是现代化，要建设我们自己的现代化国家。旧邦新命，这是冯先生常说的一句话。杨振宁先生说，他第一次读到“旧邦新命”这四个字时，感到极大的震撼。他还对清华中文系的同学说，应该把纪念碑文背下来。冯先生把这个意思写了另一副对联：“阐旧邦以辅新命，极高明而道中庸。”这副对联悬于他书房的东墙，人谓“东铭”，与张载的“西铭”并列。下联的意思是他追求人生的最高境界（极高明），但又不离乎人伦日用（道中庸），这种境界就是即世间而出世间；上联的意思是他要把我们古老文化的营养汲取出来，来建设我们的现代化国家。这就是他的“所以迹”。

一副茔联，一副对联，一共二十四个字，概括了他的一生。

这二十四个字包含的内容是那样丰富，充满了智慧的光辉，在流逝的时间里时明时暗，却从未断绝，也不会断绝。

蜡炬成灰泪始干

二〇〇〇年春，我患目疾，好几个月都在奔走医院。住医院，上手术台，对我都不是新鲜事，这一次却怀着极大的恐怖。我怕变为盲人，我怎能忍受那黑洞里的生活，怎能忍受那黑暗，那茫然，那隔绝。

我在等待第三次手术，日子一天天过，还在等待。一个夜晚，我披衣坐在床上，觉得自己是这样不幸，我不会死，可是以后再无法写作。模糊中似乎有一个人影飘过来，他坐在轮椅上，一手拈须，面带微笑。那是父亲。

“不要怕，我做完了我要做的事，你也会的。”我的心听见他在说。此后，我几次感觉到父亲。他有时坐在轮椅上，有时坐在书房里，有时在过道里走路，手杖敲击地板，发出有节奏的声音。他不再说话，可是每次我想到他，都能得到指点和开导。

老实说，父亲已去世十年。时间移去了悲痛，减少了思念。以前在生活安排上，总是首先考虑老人，现在则完全改变了，甚至淡忘了。而在失明的威胁下，父亲并没有忘记我，或者说我又想起了他。因为我需要他。

“不要怕，我做完了我要做的事，你也会的。”

我会吗？我需要他的榜样，我向记忆深处寻找……

父亲最后的日子，是艰辛的，也是辉煌的。他逃脱了政治旋涡的泥沼，虽然被折磨得体无完肤，却幸而头在颈上，他可以相当自由地思想了。一九八〇年，他开始从头撰写《中国哲学史新编》这部大书。当时他已是八十五岁高龄。除短暂的社会活动，他每天上午都在书房度过。他的头脑便是一个图书馆，他的视力很可怜，眼前的人也看不清，可是中国几千年来的哲学思想的发展在他头脑里十分清楚，那是他一辈子思索的结果。哲学是他一生的依据。自一九一五年，他进入北京大学哲学门，他从没有离开过哲学。

父亲考入北大时，报的是文科。当时有人劝他读法科容易找工作，而且法科可以转文科，可是文科不可以转法科。父亲依言报了法科，考取了，但他还是转入文科。如果他要进仕途，可以从入法科开始，但那不是他的理想。他选择了哲学作为他的终身事业。

父亲那样出生在十九世纪末的一代人，分布在各个学科，创造了中国社会转型时期的新文化。不管在哪一学科，他们有一个共同点，那就是热爱祖国，要使自己的国家扬眉吐气地屹立在世界民族之林。我相信，我的了解没有错。父亲的哲学也不是空谈哲理，也不是书斋里的机锋，他要“阐旧邦以辅新命”，就是要汲取中国文化的精华，作为建设新国家的营养。永远关心着国家、民族的命运，这就是他的“所以迹”。经过多少折腾、磨难，初衷不改，他的最后巨著《中国哲学史新编》的最后一页，仍写着张载的那几句话：“为天地立心，为生民立命，为往圣继绝学，为万世开太平。”他仍然是“虽不能至，心向往之”。

他在一九四二年写的《新原人》中提出了他的境界说——他的哲学的灵泉。此书自序一开始就写了张载四句，接下去便说：“此哲学家所应自期许者也。况我国家民族，值贞元之会、当绝续之交、通天人之际、达古今之变、明内圣外王之道者，岂可不尽所欲言，以为我国家致太平，我亿兆安身立命之用乎？虽不能至，心向往之。非曰能之，愿学焉。”我一直认为，“贞元六书”的几篇短序都是绝妙文章，表现父亲的心胸气魄。听人说有哲学教师讲张载四句竟至泪下，可知怀有为国家致太平，为亿兆安身立命这种深情的人并非少数。

父亲最后十年的生命，化成了《中国哲学史新编》这部书。学者们渐渐有了共识，认为这部书对论点、材料的融会贯通超过了三十年代的两卷本，又对玄学、佛学、道学，对曾国藩和太平天国的看法提出了独到的见解，还认为人类的将来必定会“仇必和而解”，都说出了他自己要说的话。一点一滴，一字一句，用口授方式写成了这部一百五十万字的大书，可谓学术史上的奇迹。蝇营狗苟、利欲熏心的人能写出这样的书么？我看是抄也抄不下来！有的朋友来看望，感到老人很累，好意地对我说："能不能不要写了。"我转达这好意，父亲微叹道："我确实很累，可是我并不以为苦，我是欲罢不能。这就是'春蚕到死丝方尽，蜡炬成灰泪始干'吧！"

是的，他并不以写这部书为苦，他形容自己像老牛反刍一样，细细咀嚼储存的草料。他也在细细咀嚼原有的知识储备，用来创造。这里面自有一种乐趣。父亲著述还有一个特点，就是不做卡片，曾有外国朋友问："在昆明时，各种设备差，图书难得，你在哪里找资料？"父亲回答："我写书，不需要很多资料，一切都在我的头脑中。"这是他成为准盲人后，能完成大书的一个重要条件。

更重要的是他的专注，他的执着，他的不可更改的深情。他在生命的最后两年中不能行走，不能站立，起居需人帮助，甚至咀嚼困难，进餐需人喂，有时要用一两个小时。不能行走也罢，不能进食也罢，都阻挡不了他的哲学思考。一次，因心脏病发作，我们用急救车送他去医院，他躺在床上，断断续续地说：现在有病要治，是因为书没有写完，等书写完了，有病就不必治了。

当时，我为这句话大恸不已。现在想来，如丝已尽，泪已干，即使勉强治疗也是支撑不下去的；而丝未尽，泪未干，最后的著作没有完成,那生命的灵气绝不肯离去。他最后的遗言“中国哲学将来一定会大放光彩”,就是用他整个生命说出来的。

父亲久病后,偶然颤巍巍地站立,总让人想到“风烛残年”这几个字。烛火在风中摇曳,可以随时熄灭,但父亲的精神之火却是不会熄灭的。他是那样顽强、坚韧,那样丰富,他不烧干自己决不甘心。

一九八二年,父亲到哥伦比亚大学接受名誉博士学位,他写了一首诗:“一别贞江六十春,问江可认再来人?智山慧海传真火,愿随前薪做后薪。”薪火相传的意思出自《庄子·养生主》:“指穷于为薪,火传也,不知其尽也。”他要像浇了油的木柴一样,前面的木柴烧完了,后面的木柴便接上去,薪火相传,代代不息。

父亲那一代人责任感太强了,他们无暇逍遥。其实父亲心底是赞成孔子“吾与点也”那一句话的。曾点说,他的愿望是“浴乎沂,风乎舞雩,咏而归”,父亲是欣赏这种境界的。

四十年代,常有人请父亲写字,父亲最喜写唐李翱的两首诗——“练得身形似鹤形,千株松下两函经,我来问道无余说,云在青天水在瓶。”还有一首是“选得幽居惬野情,终年无送亦无迎,有时直上孤峰顶,月下披云啸一声”。

这两首诗,父亲写过几十幅,现在家中只有“月下披云啸一声”那一幅,没有了“云在青天水在瓶”的那一幅。父亲的执着顽强，那春蚕到死，蜡炬成灰，薪尽火传的精神，后面有着极飘逸、极空明的另一方面。一方面是儒家“知其不可而为之”的担得起，一方面是佛、道、禅的“云在青天水在瓶”的看得破。有这样的互补，中国知识分子才能在极严酷的环境中活下去。

很多年以前，父亲为我写了一幅字，写的是龚定庵诗：“虽然大器晚年成，卓荦全凭弱冠争。多识前言蓄其德，莫抛心力贸才名。”后来父亲又为我和外子作过一首诗：“七字堪为座右铭，莫抛心力贸才名。乐章奏到休止符，此时无声胜有声。”父亲深知任何事都要用心血做成，谆谆教诲，不要为一点轻易取得的浮名得意，在寂静中也许会有更好的音乐。想到这些，常觉得父亲坐在那里，以手向上一指向下一指，在沉默中，让人想到“云在青天水在瓶”的诗句；可是那含义，那境界，有谁领会。

我做了手术，出院回家，在屋中走来走去，想倾听父亲卧房里发出的咳声，但是只有寂静。我坐在父亲的书房里，看着窗外高高的树。在这里，准盲人冯友兰曾坐了三十三年；无论是否成为盲人，我都会这样坐下去。

烟斗上小人儿的话

一九九九年是闻一多先生百年冥寿。他离开我们已经五十余年了，人们只能从照片里瞻仰他的风采。有一张照片传布最广，也是最能显出闻先生诗人气质、学者风度的照片。他侧着头，口含烟斗。在画面的烟斗上有一个小人儿，那就是我。

我在照片里坐了四十多年，一九九一年在医院中才发现那是我。我真是高兴。这张照片成为我的护身符，当我和各种魔怪（包括病魔）战斗时，每想到这照片，想到闻先生，就觉得增添了力量。

许多人在语文课本里读过闻先生的《最后一次讲演》，那跨出门就不准备再回来的精神感染了多少人，教育了多少人。有时私下议论，鲁迅、闻一多活到“文革”时代会是怎样情况。估计他们也活不到“文革”，在前面的运动中，就会活不下去；或能顽强地用另一种方式活下来，但肯定是过不了“文革”这一关的。

闻先生倡导说真话，他要做到怎么想就怎么说。抗战后期，他发表许多言论，尖锐批评最高统治者，丝毫不顾及自身安危。他这种大无畏精神，上薄云天。他无所畏惧，但他对同事朋友是宽厚的，常替别人着想，从未闻有刻薄伤人之言。我想，他对统治者的愤怒是站在人民的利益上，而不是站在一己的利益上，而对于个人之间的摩擦（总会有的）是不放在心上的，可以说是“横眉冷对千夫指，俯首甘为孺子牛”的表率。

闻先生的革命精神包含了诗人气质，“这是一沟绝望的死水，清风也吹不起半点漪沦”（《死水》）。“春光从一张张的绿叶上爬过……仿佛有一群天使在空中逻巡……忽地深巷里迸出一声清籁：‘可怜可怜我这瞎子，老爷太太！’”（《春光》）他以无比的深情关怀着整个社会。我喜欢《也许》这首葬歌：“我把黄土轻轻盖着你，我叫纸钱儿缓缓地飞。”这又是另一种深情，看透了生死，似浅淡，却长远的深情。闻先生著有《九歌古歌舞剧悬解》，这是他根据屈原《九歌》写的歌舞剧本，想象力真丰富。我非常想看它的演出。另一个愿望是看爱罗先珂《桃色的云》上演。我想今生是看不到了。

最近，闻惠羽小妹送我一本闻先生的《诗经通义》。这是一部草稿，经闻惠羽校补成书。我翻阅后，见一字一词注释得详尽，更体会到“何妨一下楼主人”的精神。古人说，“三年不窥园，绝庆吊之礼”，才能做一点学问。做学问需要这种不窥园、不下楼的精神。一九四七年，我在南开大学上学。五六月间，举行了一次诗歌晚会，纪念闻一多。冯至从北京来参加，做了讲演。会后，我写了一首诗，那是我第一首发表的新诗。现摘一段在这里，诗的题目是《我从没有这样接近过你》。

我从没有这样接近过你。
真的，我从没有这样接近过你。
在大家沉重的脸中我看见了
你的脸。
在大家呜咽的声音里我听到了
你的声音。
我今天才找到了你，找到了你。
　　　　找到你
　　　　在我们中间。

闻一多是永远在青年中间的，他的精神永远年轻。这些年，我们不大想起闻一多了，远离了他的精神，而我们是多么需要他的精神！对强暴大无畏，对普通人深具同情，富有想象力的审美眼光，还有踏实认真甘坐冷板凳的治学态度——我知道“何妨一下楼”中只有冷板凳。

再来看一看那张照片。一九四五年初，西南联大悠悠体育会组织去石林，邀请闻先生参加。闻先生带了立雕（韦英）兄弟和我及钟越同往。那时去石林要乘火车，骑小马，到尾泽小学打地铺。到几个地方看景致都是步行，大家都是很能走路的。记得有一天中午，在一个小店打尖。闻先生要了米线，每个孩子一碗，招呼我们先吃。后来在长湖畔举行了联欢会，照片便是那时出世的。

我坐在烟斗上，并不感到云雾缭绕的飘飘然，而是感到焦虑沉重——是因为坐在烟斗上么？我感到沉重，因为我们离闻一多远了；感到焦虑，因为我们似乎并不知道究竟已经离闻一多有多远。

霞落燕园

北京大学各住宅区，都有个好听的名字。朗润、蔚秀、镜春、畅春，无不引起满眼芳菲和意致疏远的联想。而燕南园只是个地理方位，说明在燕园南端而已。这个住宅区很小，共有十六栋房屋，约一半在五十年代初已分隔供两家居住，“文革”前这里住户约二十家。六十三号校长住宅自马寅初先生因过早提出人口问题而迁走后，很长时间都空着。西北角的小楼则是校党委统战部办公室，据说还是冰心前辈举行“第一次宴会”的地方。有一个游戏场，设秋千、跷板、沙坑等物。不过那时这里的子女辈多已是青年，忙着工作和改造，很少有闲情逸致来游戏。

每栋房屋照原来设计各有特点，如五十六号遍植樱花，春来如雪。周培源先生在此居住多年，我曾戏称之为周家花园，以与樱桃沟争胜。五十四号有大树桃花，从楼上倚窗而望，几乎可以伸手攀折，不过桃花映照的不是红颜，而是白发。六十一号的藤萝架依房屋形势搭成斜坡，紫色的花朵逐渐高起，直上楼台。随着时光流逝，各种花木减了许多。藤萝架已毁，桃树已斫，樱花也稀落多了。这几年万物复苏，有余力的人家都注意绿化，种些植物，却总是不时被修理下水道、铺设暖气管等工程毁去。施工的沟成年累月不填，各种器械也成年累月堆放，高高低低，颇有些惊险意味。

这只不过是最表面的变化。迁来这里已是第三十四个春天了。三十四年，可以是一个人的一辈子，做出辉煌事业的一辈子。三十四年，婴儿已过而立，中年重逢花甲，老人则不得不撒手另换世界了。燕南园里，几乎每一栋房屋都经历了丧事。

最先离去的是汤用彤先生。我们是紧邻。一九六四年的一天，他和我的父亲同往人民日报社开会批判胡适先生，回来车到家门，他忽然说这是到了哪里，找不到自己的家。那便是中风先兆了，不久逝世。记得曾见一介兄从后角门进来，臂上挂着一根手杖。我当时想，汤先生再也用不着它了。以后在院中散步，眼前常浮现老人矮胖的身材，团团的笑脸。那时觉得死亡是真不可思议的事。

“文化大革命”初始，一张大字报杀害了物理系饶毓泰先生，他在五十一号住处投缳身亡。数年后翦伯赞先生夫妇同时自尽，在六十四号。他们是“文革”中奉命搬进燕南园的。那时自杀的事时有所闻，记得还看过一个消息，题目是《刹住自杀风》，心里着实觉得惨。不过夫妇能同心走此绝路，一生到最后还有一个同赴死的知己，人世间仿佛还有一点温馨。

一九七七年我自己的母亲去世后，死亡不再是遥远的了，而重重地压在心上，却又让人觉得空落落，难于填补。虽然对死亡已渐熟悉，后来得知魏建功先生在一次手术中意外地去世时，还是很惊诧。魏家迁进那座曾空了许久的六十三号院，是在七十年代初，但那时它已是个大杂院了。魏太太王碧书曾和我的母亲说起，魏先生对她说过，解放以来经过多少次运动，想着这回可能不会有什么大错了，不想更错！当时两位老太太不胜慨叹的情景，宛在目前。

六十五号哲学系郑昕先生、后迁来的东语系马坚先生和抱病多年的老住户历史系齐思和先生俱以疾终。一九八二年父亲和我从美国回来不久，我的弟弟去世，在悲苦忙乱之余忽然得知五十二号黄子卿先生也去世了。黄先生除是化学家外，还擅长旧体诗，有唐人韵味。老一代专家的修养，实非后辈所能企及。

女植物学家吴素萱先生原在北大，后调科学院植物所工作，一直没有搬家。七十年代末期，我进城开会，常与她同路。她每天六点半到公共汽车站，非常准时。我常把校园里的植物向她请教，她都认真回答，一点也不以门外汉的愚蠢为可笑。她病逝后约半年，《人民日报》刊登了一张她在看显微镜的照片，当时传为奇谈。不过我想，这倒是这些先生们总的写照。九泉之下，所想的也是那点学问。

冯定同志是老干部，和先生们不同。在五十五号住了几十年，受批判也有几十年了。他有名句言："无错不当检讨的英雄。"不管这是针对谁的，我认为这是一句好话，一句有骨气的话。如果我们党内能有坚持原则不随声附和的空气，党风民风何至于此！听说一个小偷到他家行窃，破窗而入，翻了半天才发现有人坐在屋中，连忙仓皇逃走。冯定对他说："下回请你从门里进来。"这位老同志在久病备受折磨之后去世了。到他为止，燕南园向人世告别的"户主"已有十人。

但上天还需要学者。一九八六年三月六日，朱光潜先生与世长辞。

朱家在"文革"后期从燕东园迁来，与人合住原统战部小楼。那时燕南园已约有八十余户人家，兴建了一座公厕，可谓"文革"中的新生事物。现在又经翻修，成为园中最显眼的建筑。朱家也曾一度享用它。据朱太太奚今吾说，雨雪时先由家人扫出小路，老人再打着伞出来。令人庆幸的是北京晴天多。以后大家生活渐趋安定，便常见一位瘦小老人在校园中活动，早上举着手杖小跑，下午在体育馆前后慢走。我以为老先生大都像我父亲一样，耳目失其聪明，未必认得我。不料他还记得，还知道我的近况，不免暗自惭愧。

我没上过朱先生的课，来往也不多。一九六〇年十月我调往《世界文学》编辑部，评论方面任务之一是发表古典文艺理论。我们组到的第一篇稿子是朱先生摘译的莱辛名著《拉奥孔：论画和诗的界限》，原书十六万字，朱先生摘译了两万多字，发表在一九六〇年十二月《世界文学》上。记得朱先生在译后记中论及莱辛提出的为什么拉奥孔在雕刻里不哀号在诗里却哀号的问题。他用了化美为媚的说法，并曾对我说用“媚”字译 charming 最合适。媚是流动的，不是静止的；不只是外貌的形状，还有内心的精神。“回头一笑百媚生”，那“生”字多么好！我一直记得这话。一九六一年下半年他又为我们选译了一组文艺复兴时代意大利文艺理论，都极精彩。两次译文的译后记都不长，可是都不只有材料上的帮助，且有见地。朱先生曾把文学批评分为四类，以导师自居、以法官自命、重考据和重在自己感受的印象派批评。他主张第四类，这种批评不掉书袋，却需要极高的欣赏水平，需要洞见。我看现在《读书》杂志上有些文章颇有此意。

也不记得为什么，有一次追随许多老先生到香山，一个办事人自言自语：“这么多文曲星！”我便接着想，用“满天云锦”形容是否合适，满天云锦是由一片片霞彩组成的。不过那时只顾欣赏山的颜色，没有多注意人的活动。在玉华山庄一带观赏之余，我说我从未上过“鬼见愁”呢，很想爬一爬。朱先生正坐在路边石头上，忽然说，他也想爬上“鬼见愁”。那年他该是近七十了，步履仍很矫健。当时因时间关系，不能走开，便说以后再来。香山红叶的霞彩变换了二十多回，我始终没有一偿登“鬼见愁”的夙愿，也许以后真会去一次，只是永不能陪同朱先生一起登临了。

“文革”后期政协有时放电影，大家同车前往。记得一次演了一部大概名为《万紫千红》的纪录片，有些民间歌舞。回来时朱先生很高兴，说：“这是中国的艺术，很美！”他说话的神气那样天真。他对生活充满了浓厚的感情和活泼泼的兴趣，也只有如此情浓的人，才能在生活里发现美，才有资格谈论美。正如他早年一篇讲人生艺术化的文章所说，文章忌俗滥，生活也忌俗滥。如季札挂剑、夷齐采薇这种严肃的态度，是道德的也是艺术的。艺术的生活又是情趣丰富的生活。要在生活中寻求趣味，不能只与蝇蛆争温饱。记得他曾与他的学生澳籍学者陈兆华去看莎士比亚的一个剧，回来要不到出租车。陈兆华为此不平，曾投书《人民日报》。老先生潇洒地认为，看到了莎剧怎样辛苦也值得。

朱先生从《给青年的十二封信》开始，便和青年人保持着联系。我们这一批青年人已变为中年而接近老年了，我想他还有真正的青年朋友，这是毕生从事教育的老先生之福。就朱先生来说，其中必有奚先生内助之功，因为这需要精力、时间。他曾要我把新出的书带到澳洲给陈兆华，带到社科院外文所给他的得意门生朱虹。他的学生们也都对他怀着深厚的感情。朱虹现在还怪我得知朱先生病危竟不给她打电话。

然而生活的重心、兴趣的焦点都集中在工作，时刻想着的都是各自的那点学问，这似乎是老先生们的共性。他们紧紧抓住不多了的时间，拼命吐出自己的丝，而且不断要使这丝更亮更美。有人送来一本澳大利亚人写的美学书，找我请朱先生看看值得译否。我知道老先生们的时间何等宝贵，实不忍打扰，又不好从我这儿驳回，便拿书去试一试。不料他很感兴趣，连声让放下，他愿意看，看看人家有怎样的说法，看看是否对我国美学界有益。据说康有为曾有议论，他的学问在二十九岁时已臻成熟，以后不再求改。有的老先生寿开九秩，学问仍和六十年前一样，不趋时尚固然难得，然而六十年不再吸收新东西，这六十年又有何用？朱先生不是这样。他总在寻求，总在吸收，有执着也有变化。而在执着与变化之间，自有分寸。

老先生们常住医院，我在省视老父时如有哪位在，便去看望。一次朱先生恰住隔壁，推门进去时，见他正拿着稿子卧读。我说："不准看了。拿着也累，看也累！"便取过稿子放在桌上。他笑着接受了管制。若是自己家人，他大概要发脾气的，这是他生命中最重要的事啊。他要用力吐他的丝，用力把他那片霞彩照亮些。

奚先生说，朱先生一年前患脑血栓后脾气很不好。他常以为房间中哪一处放着他的稿子，但实际上没有，便烦恼得不得了。在香港大学授予他荣誉学位那天，他忽然不肯出席，要一个人呆着，好容易才劝得去了。一位一生寻求美、研究美、以美为生的学者在老和病的障碍中的痛苦是别人难以想象的。他现在再没有寻求的不安和遗失的烦恼了。

文成待发，又传来王力先生仙逝的消息。我家与王家在昆明龙头村便是邻居，燕南园中对门而居也已三十年了。三十年风风雨雨，也不过一眨眼的工夫。父亲九十大寿时，王先生和王太太夏蔚霞曾来祝贺；朱光潜先生去世时，他们还去向朱先生告别，怎么就忽然一病不起！王先生一生无党无派，遗命夫妇合葬，墓碑上要刻他一九八〇年写的赠内诗。诗中有句云："七省奔波逃犭严狁，一灯如豆伴凄凉。""今日桑榆晚景好，共祈百岁老鸳鸯。"可见其固守纯真之情，不与纷扰。各家老人转往万安公墓相候的渐多，我简直不敢往下想了，只有祷念龙虫并雕斋主人安息。

十六栋房屋已有十二户主人离开了。这条路上的行人是不会断的。他们都是一缕光辉的霞彩，又组成了绚烂的大片云锦，照耀过又消失，像万物消长一样。霞彩天天消去，但是次日还会生出。在东方，也在西方，还在青年学子的双颊上。

悼念陈岱孙先生

陈岱孙先生是大学者，是我的父执，是长辈。但在我心中，总觉得他是一位朋友，一位“老友”。

不知道这是不是高攀，也不知道他是不是把我当作小友。我们的来往并不很多，而他待人的平等亲切，让人免去俗套，感到友情的萦绕。

约在八十年代中期，顾毓琇先生到京，来访先君冯友兰先生，让我邀请陈先生也到三松堂。那是一个下午，阳光从西窗射进来，照亮了三位老人的白发。不知是谁说了句“这是三位老院长的相聚”，我猛然一惊。三人中，冯是文学院院长，年最长；陈是法学院院长，年居次；顾是工学院院长，最年轻。回想当时在清华，年最长的不过三十出头，各领一方，和同仁们一起，建立了清华的学术地位。那时是何等的意气风发！而转眼间都是老人了。座谈间，顾先生话语最多，他将中国喻为初醒的巨龙，正待腾飞，言下十分振奋。

一九八九年，陈先生迁至燕南园，与我们成为斜对门的邻居。一天，他和他的堂妹陈荷一起来探访。当时父亲已经坐在轮椅上，乃由我陪两位陈先生在院中看看。看看乱草中新长出的铃兰，枯叶中新长出的玉簪，还有那一小片属于香椿树的土地，树旁钻出的许多枝条也已有了嫩叶。因说起陈家院子里该种些什么，我说，种一棵香椿吧，可以吃到最新鲜的香椿芽，随即让人挖出两根枝条。陈先生接过，把它们举了一举，说："给了我两根木棒。"他的笑容是那样年轻。

父亲去世的次日，陈先生由厉以宁先生陪同来吊唁。当时家里人很多很乱，看到陈先生高大的身影，我沉重的心感到一丝宁静，好像有一只无形的手帮我移去了什么。数日后，在冯友兰哲学思想国际研讨会上，陈先生讲了话，谈到他在南岳与父亲相处的日子，说到"贞元六书"和爱国主义。这篇讲话后来整理为《冯友兰纪念文集》的序言。一九九四年清华以三松堂捐书建立"冯友兰文库"，开幕那天，陈先生和大家一同乘面包车前往参加。举行仪式后，大家去参观文库，因文库在五楼，陈先生对我说："我不上去了，我在车里等。"幸亏有车先送他回去。那年陈先生是九十四岁，现在我进入老年还不太久，已经步履维艰，才体会到那里有多么重的情谊。

陈先生还帮助我了解历史，在我的记忆之井里添贮活水。家中有一张一九四八年中央研究院第一届院士会议的照片，其中许多人我们都认不出，都说去问陈先生。陈先生总是不嫌麻烦，耐心解答问题。我去看望他时，谈话的很大一部分内容是昆明的生活。有一次陈先生对我说，三十年代末，他曾随马帮到丽江去旅行,晚上披着麻袋坐在房檐底下,算是住宿。自己煮饭,煮牛干巴,肉汤很好喝。一天来到一片黑压压的树林,据说是强人出没的地方,大家都很紧张。马帮头一声令下,大家逃命似的冲过树林,总算没有遇险。

又一次,谈到一份杂志发表的陈先生的经济学文章。我不懂经济学,记得陈先生说,凡事都有来龙去脉,不连贯起来看,就看不懂问题,也许会得出相反的印象。

他看见《中华读书报》上有关于我的简讯,画了圈,让人送来给我。家人说:"连陈先生都帮你搜集资料。"

一九九五年我偕外子去美国,到费城,得见顾毓琇先生。顾先生应我之请题词。他写的是"学究天人,道贯古今;哲理泰斗,典范永存"十六个字,笔力遒劲,后放在《冯友兰研究》第一辑中。顾先生还要我们代为问候陈先生。我们回京后,到陈宅讲起顾先生情况,陈先生极言顾先生多才多艺。顾先生为科学博士,却又能写诗词、剧本,其英诗译作很有味道。

老人渐老和小孩渐长,都是可以看得见的。所以,说人"见老了""见长了"很传神。不记得什么时候,听说陈先生在会上晕倒了,便去看望。陈先生说:"是在会后饭桌上,没有任何先兆,忽然失去了知觉,现在已经好了。"自那以后,他似乎出门少得多了。过些时又去看他,他说:"我现在是大门不出,二门不迈。"客厅里靠窗摆着两张沙发,他总是坐那靠门的一张,让客人坐靠内室的一张,因为门边有风。而我一直不解为什么这样坐，想问，踌躇了一下，以后也就忘了。再过些时，陈先生说："我老是觉得很累，早上一起来就累。"说了这些话以后，我怕他累，起身要走，老人说："不要走，再坐一会儿吧。"于是我就再坐一会儿。这一会儿很重要，从此再没有见到陈先生。

我家的后院离商店、邮局比较近，陈先生有时从这里穿过，一直是腰身挺直，稳步而行。后院的石子小路坑洼不平，曾想让人修整，像我对一切事一样，总是一再蹉跎。等到把那些坑洼填平，老人已经太累了，已是"大门不出，二门不迈"。也曾想到做点什么好吃的送过去，但不是有事就是有病，这想法终于成了完成不了的心愿。

一九九七年我索性一病经年，住了三回医院。待回到家来，发现燕南园墙外正在大兴土木，日夜施工，令人不能安枕。"陈先生怎么受得了！"我想，"可能学校会安排老人暂避一时。"过几天，知道陈先生住医院了。住几天也好，我们议论。没有想到，陈先生一去不回，永远地离开了。

我们去陈宅吊唁，灵堂里有鲜花有遗像，十分肃穆。这又是贤孝外甥女儿们的劳绩。还有那两张沙发，依然留在窗下，我见了不禁悲从中来。

我很伤心，世上又少了一位宽厚仁让、能主持公道的长者。人常用学贯中西、中西合璧等形容人的学问，我想，陈先生身上体现了人格的中西合璧，既有中国的发自内心的"礼"，又有西方的平等精神，这样的人愈来愈少了。我难过，倒也不全是为陈先生，敬他爱他的人很多，无须我这一掬泪。我是被两句诗击倒："侬今葬花人笑痴，他年葬侬知是谁。"它们不知怎么忽然跳到我心中。那是曹雪芹假托十余岁少女林黛玉的锦心绣口说出的，我到七十岁才有些懂得。这是一个可以抽象出来的道理。父亲曾为许多朋友写过悼念的文字，陈先生为父亲写了悼念文字，我现在又在悼念陈先生。再往下呢？后人而复吊后人，代代无已。在这条来去匆匆的路上，人们"见长""见老"，要停也停不住。

仙踪何处

冰心老人离开我们了。

人们常把这种离去称为仙逝。我觉得谢先生确实是成了仙了。她随世纪而来,又随世纪而去,有着完满的一生。她不只是好作家,也是好女儿、好妻子、好母亲,有这样福分的人不多。

中国伦常的一项重要内容是朋友。谢先生有很多朋友,这又是一种难得的福分。她爱朋友们,朋友们也爱她。赵萝蕤先生曾对我说,她结婚前,谢先生专到她家讨论这桩婚事,这关心让人难忘。经过了"十年浩劫",人们渐渐从麻木中醒来,彼此有了来往。赵先生和我商量去看望老人。我们去了,大家都十分高兴,谈话很随意。当然还有那只猫。在梁启超书的那幅"世事沧桑心事定,胸中海岳梦中飞"字下照相时,我想,这对老人来说,是重复而又重复的节目了。她却不嫌烦,因为她心里装着朋友。赵先生先老人一年而去,如今她们在一起时,不知会讨论哪些话题。

老人世事洞明,晚年更增添了棱角。她的短文《我请求》

影响很大。一位自小相识的准兄弟看后责备我:"你怎么不写一篇?"我很难回答。以后的文章《等待》,似很平淡,也给人极深的印象。这一篇简单朴素的文字,只写了几个家人,却装着一个大关心,关心着人民的疾苦和祖国的命运。

这个多福的老人留给我们一个谜,这个谜恰在我身边。老人曾居住于燕南园,那是她婚后最初的家。我曾认为她住的是六十六号,有何根据,却记不得、说不出了。近见有文章,说林庚先生也说是六十六号。但吴青说是六十号,当然应以她的话为准。有意思的是,燕南园房屋样式多不相同,恰恰这两幢十分相像,都是带有门廊的二层小楼,里面结构也大致相同。记得谢先生有文《我的家在哪里》,描写梦中回到各个时期的家,似乎没有提到燕南园。现在若回来,会分辨出哪一座是最初的家吗?

谢先生是成了仙了,她从闪烁的星空中俯视我们,从溶溶的春水中映照我们。在一次冰心奖的发奖会上,我曾写过两句话,"繁星爱之光,春水生之意"。那是永远的爱之光,永远的生之意。

大哉韦君宜

二〇〇二年一月二十六日黄昏，邵燕祥来电话告诉我，君宜同志已于当日中午辞世。我立即给杨团打电话，杨团说君宜同志是在歌声中离去的。那是抗日战争时代留下的歌，万众一心用血肉铸成长城的歌。她是唱着这些歌走上革命道路的，用这样的歌为她送行再恰当不过。

君宜同志是个敢说真话的人。我们经历过的那个古怪时代，要把所有的人的头脑都变成复印机，传达什么就照着讲照着说，够不上传达的也要人云亦云，以免出“错”。君宜同志不是这样，她要把她看到的真实情况说出来。小至对一个人的看法，大至对国家局势的看法。我常说，历史是一个哑巴，人们知道的只是写出的字。要更多的人说出真话，我们才可以接近真的历史。

君宜同志是一个能够反思的人。痛定思痛，只有人才能够做到这一点。可是人常常放弃这一特性。有多少人于痛定时就失去了记忆；有多少人于痛定时还要涂抹油彩，说本来就没有什么痛。《思痛录》中有这样一段话：“我就是这样一步一步思索我这十来年的痛苦，直到思索痛苦的根源：我的信仰。直到我们这一整代人所做出的一切，所牺牲和所得失的一切。思索本身是一步一步的，写下来又非一日，其中深浅自知，自亦不同。现在仍归其旧。这个根源，我留给后来者去思索。”她的反思不是偶然的、片段的，而是有目的、有系统的，有这样的反思才能进步。

然而这需要多么大的勇气。也许她根本没有想到勇气，她只是要把她看到和认真思索过的说出来，为了后人。

君宜同志是个永不消沉的人，缠绵病榻十余年，写下了近三十万字的文稿，为历史作证。我是一个老病号，在和病魔周旋时，有时会万念俱灰，满脑子萦绕着那两句“纵有千年铁槛寺，终需一个土馒头”。我深知病中写作的艰难，我不知道君宜同志有没有灰心的时刻，但她是胜利者。

她终于明白地说出了要说出的话，可以安心地沉默，这让人减少些悲痛。

握　手

上世纪四十年代上半期，我在昆明联大附中读书时，有各种文艺活动。在一次诗朗诵会上，光未然来了，他好像朗诵了一首《为少男少女们歌唱》，有的同学记得是《午夜雷声》。那应该是我第一次见到光年同志，但已没有什么印象。印象清楚的是五十年代初，我在政务院文教委员会宗教事务处工作，文教委员会开会有时叫我去做记录。有一次会议，记得是由习仲勋主持。发言的人我大多不认得，做记录时，有人告诉我他们的名字。到张光年同志发言时，我才知道他就是光未然。他的发言很长，发言中常有人插话。他对旁边的人（好像是胡乔木）说："我们这些人数学都不好。"不知为什么，会议的内容我全不记得了，只记得这句话。

一九五七年初，我到《文艺报》工作。当时《文艺报》年轻人多，很有朝气，学习的热情很高。那时还没有狠批"封资修"。记得副主编陈笑雨复习英文，要我为他找些书。我找的书是以前的高中英语课本，上面有《大卫·考博菲尔》，在饭馆被骗的一段，读了都觉得很有趣。当时编辑组的两位女同志召明和杨明想读点古文，我建议她们背诵。她们要我布置功课并按时听她们背书。有一次，召明背到中间卡了壳，急得哭了起来。在这样的学习气氛中，作为主编的光年同志，自然是重量级。他开讲《文心雕龙》，每周一个半天。这本是很好的学习机会，但我没有能认真听讲。在编辑部的同乐会上，光年同志也朗诵过诗，印象最深的是这样几句："绿色的伊拉瓦底啊！带着玻璃样透明的心肠，高傲而满足地，流在缅甸庄严的佛土上。"我觉得光年在朗诵时特别显出一种诗人气质。他是一位诗人又是一位学者。

我所在的外国文学部，主任是萧乾，副主任是黄秋耘和邹荻帆，大家都很谈得来。萧乾曾带我们全组人员到北海去会见文洁若。秋耘常说自己是军人，但他总是带一副多愁善感的模样。我们有时一起背诗，你一句我一句，很畅快。在宝钞胡同的《文艺报》宿舍，谢永旺等四个年轻人住一个房间，我称他们为"四杰"。文学评论组有两位年略长的同志，被我们称为"鸭、羊二兄"。那一段日子，也就是"反右"以前的几个月，回想起来是很快乐的。

"反右"运动开始以后，空气紧张起来。七月份，我的小说《红豆》在《人民文学》杂志发表，受到批判。当时的《人民文学》主编张天翼曾带我到北大中文系开了一次会，听取意见。后来又安排我写一篇外国作家大炼钢铁的报道，也在《人民文学》发表，以此表示我还可以发表作品，没有什么大问题。这都是对我的关心和爱护。但他也指出这个年轻人肯定是应该注重思想改造的。

一九五八年，干部开始轮换“下放”改造。在一次小规模的会上，光年力主我应该第一批下放，但后来因为工作需要，我到一九五九年才下放。在桑干河畔度过了整整一年。一九六〇年初，我回到编辑部不久，光年和我做了一次长时间谈话。主要是通知我作协党组的决定，调我到《世界文学》杂志工作。我们谈了很多关于思想改造的问题，他鼓励我要巩固下放的收获。到《世界文学》以后，我写了短篇小说《后门》，批评社会上“走后门”的现象。虽然我已十分注意语气的委婉，并将原因归于资产阶级的影响。在《新港》(《天津文学》前身)发表时——这在当时已很不容易——题目改为《林回翠和她的母亲》。光年看到了这篇小说，也许是有人向他报告的。在一次作协的会议上，开会休息时他对我说：“这篇小说不好，要投鼠忌器，要注意。”我很感谢光年的关照。以后，局面越来越紧，要写出自己的见识很困难，我在《世界文学》，对研究外国文学也很有兴趣。可做的事很多，我暗下决心不再写作。直到十四年后“新时期”到来，我才重新拿起尘封的笔。

到二十世纪末，作协原领导层的同志多已去世，只剩下光年，也患重病。大概在世纪之交的某一天，我和外子仲到崇文门外他的住处去看望他，光年很高兴，对我说：“‘文革’时被打倒，众人都不理我。有一次在灯市口遇见你，你走过来和我握手。后来我写了一首诗，题目就叫《握手》。”说着，坐在旁边的黄叶绿同志取出了那首诗。光年给我们念了一遍，这也是一次朗诵。以后这首诗收在《张光年文集·诗歌卷》，全诗如下：

当黑色的风暴，
席卷中国大地；
我匆匆穿过长街，
一切熟人视同路人的时候，
感激你，真挚的朋友，
你默默地同我握手，
你紧紧地同我握手！
当我开肠破肚，
摘除一串毒瘤；
我泰然躺在病床，
怀念健在的一切故人的时候，
感激你，真挚的朋友，
你深情地同我握手，
你紧紧地同我握手！

当一阵倒春寒，
挟来一阵冰雹；
我闭门谢客，

而又渴望倾诉衷肠的时候，
感激你，真挚的朋友，
你轻轻推门进来，
你紧紧地同我握手！

当风暴过去，
当病痛过去，
当感冒过去的时候，
感激你，真挚的朋友！
想念你，不死的友谊！
让我们紧紧地握手，
紧紧地，更紧紧地！

现在再读，真觉得无限感慨。

《黄河大合唱》是名作，感动了很多人，激励了很多人。我曾多次被那黄河的怒吼震撼。有一次，在北大百年纪念堂听《黄河大合唱》，有一段朗诵特别长，以前听《黄河》时没有的。我觉得这段朗诵不太好，不只啰嗦，也妨碍了音乐，而且词句太政治化了。怎么会有这一段？便打电话给光年。他说，《黄河大合唱》本来是有这一段的，一九四九年进城时说表演不便，删去了。现在又恢复了，很好。我说，我觉得效果不好。又说了我的理由。光年没有再说话，我们就谈别的事了。以后我没有再听到《黄河大合唱》，不知道那一段朗诵如何处理了。

不久以后，光年同志去世了。那一代文艺精英差不多全部走完，这是生活的规律，只有黯然。现在十年过去了，我们来纪念光年同志百岁冥寿。不知为什么，我又想起光年同志当年说的“我们这些人数学都不好”，其实，这话也许并不尽然。我想，他们的共同点是把文学当成党的事业。拿光年来说，无论学者的才，还是诗人的才，都没有充分发挥；发挥较好的似乎是在文学事业的组织工作方面。他们竭尽全力，贡献了自己。这种精神是可敬的。

祭李子云

子云，时间过得真快，转眼间你已经离去十五个月了。这期间我常出入医院，也常在心中描摹你在医院中的情景，怎样的挣扎，怎样的告别。我知道只有一个结果，我再也不能与你相见，再也不会听到你的洞见妙语，再也不能毫无顾忌地畅谈我的各种感受了。

我们会面不多，但每次长谈都像是森林中的氧气，从你得到的永远是理解和启发，使我感到清醒和熨帖。二〇〇四年春我到杭州去，我是独自去的，再没有仲德陪伴了。经上海时，我们见面，从你得到许多安慰。我们讨论人生，也没有忘记文学。你说几天后你也去杭州，可是，后来你家遇事，没有来。二〇〇五年我又到上海，我们在一个小西餐馆相会，那种东一句西一句漫无边际的闲谈，真是一种快乐。能这样谈话的人太少了。如今又少了你，到哪里去寻找呢？总以为还会有再见面的机会，哪知这就是我们最后的见面。

随着时间的推移，灾祸向我们推进，而终于到了你结束一切的时候，我怕也不远了。

子云,你是有卓越见识的人。在改革开放初期,你的一批评论文章,给了新时期文学多少力量!

你是说真话的人。有见识不容易,能说出来更不容易。在这充满谣言和谎话的时代,说真话需要多么大的魄力!这包括勇气、决断、担当等等条件。

你是能听懂别人话的人,你从来不凭几个条条框框去评论别人。因为能听懂别人的话,看懂别人的书,能体会作品和作者最本质的东西,还能把它揭示出来,说你是第一流的评论家是不够的。你知作品之意,会作者之心。金圣叹读《西厢记》,读到"他不瞅人待怎生",卧床品味三日未食。现在的人已经缺少这种感动的能力了,而你的慧悟从未减退。

你能领略生活中的各种美,服饰永远得体。你七十岁以后的肤色还可以为化妆品做广告。

天地间孕育一个你这样的人,需要多少灵秀之气!要消逝竟这样容易。子云,我们会再见,在消逝中再见。

怎得长相依聚

——蔡仲德三周年祭

"蔡仲德(1937—2004),人本主义者"。

这是我为仲德设计的墓碑刻字,我想这是他要的。他在病榻上的最后几个月,想得最多的就是关于人本主义问题。如果他能多有些时日,会有正式的文章表达他的信念。但是天不佑人,他来不及了。只在为我写的一篇短文里提出市场经济、民主政治、人权观念等几个概念。虽然简单,却也清楚地表明了他的理想。现在又想,理想只能说明他追求的高,不能说明他生活的广和深。因为他的一生虽然不够长,却足够丰富。他是一个好教师,也是一个好学者。生活最丰满处是因为他有了我,我有了他。世上有这样的拥有,永远不能成为过去。

人人都以为,我最后的岁月必定有仲德陪伴,他会为我安排一切。谁也没有料到,竟是他先走了,飘然飞向遥远的火星。我们原说过,在那里有一个家。有时我觉得,他正在院中的小路上走过来,穿着那件很旧的夹大衣;有时在这边说话,总觉得他的书房里有回应，细听时，却又没有。他已经消失了，消失在蓝天白云，青山绿水，树木花草之间。也许真的能在火星上找到他，因为我们这里的事情，要经过漫长的光阴和遥远的距离，才能到达那里，他是一个怎样的人，在那里可以重现。

首先，他是一个教师。他在入大学前曾教过两年小学，又任中学教员二十余年，以后调入中央音乐学院音乐学系。他四十六年的教学生涯里，在中央音乐学院任教四十四年。他教中学时，课本比较简单，他自己添加教材，开了很长的古典诗词目录，要求学生背诵。有的学生当时很烦，说蔡老师的课难上。许多年后却对他说，现在才知道老师教课的苦心，我们总算有了一点文学知识，比别人丰富多了。确实，这不仅是知识，更是对性情的陶冶，影响着一个人的生活。

七十年代初，在军营中经过政治磨难的音院师生回到北京，附中在京郊苏家坨上课，虽然上课很不正常，仲德却没有缺过一次课。一次刮大风，我劝他不要去，他硬是骑自行车顶着西北风赶二十几里路去上课，回来成了一个土人。上课对于一个教师是神圣的。他在音乐学系开设两门课：中国音乐美学史和士人格研究。人说他的课讲得漂亮。我听过几次，一次在河南大学讲授中国古代音乐美学，一次在香港浸会大学讲“说郑声”。一节课的时间被他安排得十分恰当，有头有尾，宛如一篇结构严密的文章。更让人称道的是下课铃响，他恰好讲出最后一个字，而且是节节课都如此，就连他出的考题也如一篇小文章。他在每次上课前都认真准备，做了严谨的教案。他说要在四十五分钟以内给学生最多的东西，小学、中学、大学都是如此。一次我们在外边用餐，不知为什么，一个陌生的年轻人拿了一本唐诗，指出一首要我讲，我不记得是哪一首了，只记得其中有两个典故。我素来喜读书不求甚解，讲不出，仲德当时做了详细的讲解。他说做教师就要甚解，要经得起学生问。学生问了，对教师会有启发。

他淹缠病榻两年有半，一直惦记着他的课和他指导的学生。就在他生病的这一个秋天，录取了一名硕士生。他在化疗期间仍要这个学生来上课，在北京肿瘤医院室内花园，在北大医院的病室，甚至是一面打着吊针，一面在进行授课。他对学生非常严格，改文章一个标点都不放过，学生怕来回课，说若是回答草率，蔡老师有时激动起来，简直是怒发冲冠，头发胡子都根根竖起。不是他指导的学生也请他看文章，他一视同仁，十分认真地提意见挑毛病改文字。同学们敬他爱他又怕他。

他做手术的那一天，走廊里站了许多我不认识的音院师生，许多人要求值班。那天清晨，有位老学生从很远的地方赶到我家，陪伴我。一个现在台湾的老学生在电话中哭着恳求我们收下他们的捐助。我们并不需要捐助，可是学生们的关心从四面八方把我们沉重的心稍稍托起。

一个大学教师在教的同时,自己必须做学问,才能带领学生前进,才能不是一个教书匠。上世纪七十年代末,他从研究《乐记》的成书年代开始,对中国音乐美学做了考察,写出了《中国音乐美学史》这部巨著。这是我国的第一部音乐美学史。后来这本书要修订出版,那时他住在龙潭湖肿瘤医院。他坐一会儿躺一会儿,一字一字,一页一页,八百多页的书稿在不时插上又拔下针管的过程中修订完毕。

经过多年的努力,他对各种文献非常熟悉,却从不炫耀,从不沾沾自喜,总是尽力地做好他承担的事,而且不断地思考。不知不觉间又写出了多篇论文,音乐方面的结集为《音乐之道的探求》,由上海人民音乐出版社出版。文化方面的结集为《艰难的涅槃》,正像书名一样,这本书命运多舛,因为思想不合规矩,现在尚未能出版。

他能够连续十几小时稳坐书案之前,真有把板凳坐穿的精神。他从事学术研究不限于音乐美学,冯学研究也是重要的部分。其著述材料之翔实,了解之深切,立论之精当,为学界所推重。还是不知不觉间,他写出了六十六万字的《冯友兰先生年谱初编》,并整理、修订增补了七百余万字的《三松堂全集》第二版,又写出了《冯友兰先生评传》《教育家冯友兰》等。

对于我的父亲,他不只是一个研究者,而且也远远超过半子。幸亏有他,父亲才有这样安适的晚年。他推轮椅,抬担架,帮助喂饭、如厕。我的兄弟没有做到和来不及做的事,他做了;我自己承担不了的事,他承担了。从父母的墓地回来,荒寂的路上如果没有他,那会是怎样的日子！可是现在,他也去了。

在繁忙的教学、研究之余,他为我编辑了《宗璞文集》四卷本。他是我的第一读者,为我的草稿挑毛病。用引文懒得查时,便去问他,他会仔细地查好。我称他为风庐图书馆长,并因此很得意。现在我去问谁?

父亲去世以后,我把家中藏书赠给清华大学思想文化研究所,设立了“冯友兰文库”,但留了“四部丛刊”和一些线装典籍,供仲德查阅。他阅读的范围,已经比父亲小多了。现在他走了,我把最后留下的书也送出。我已经告别阅读,连个范围也没有了。他自己几十年收集的关于音乐美学方面的书,我都送给了中央音乐学院图书馆。学生们从这些书中得到帮助时,我想他会微笑。

他喜欢和人辩论,他的许多文章都在辩论。辩论就是各抒己见,当仁不让。他说思想经过碰撞会迸发出火花,互相启迪,得到升华,所谓真理愈辩愈明。如果只有“一言堂”,思想必然僵化,那是很可怕的。他看到的只是学问道理,从没有个人意气。

他关心社会,反对躲进象牙之塔。他认为每一个生命是独立的又是相联的。他在音乐学院任基层人民代表十年,总想多为别人做些事。他是太不量力了,简直有些多事,我这样说他。他说大家的事要大家管。音乐史专家毛宇宽说:“蔡仲德是一位真正意义上的中国知识分子。”我觉得他是当得起的。

我们居住的庭院中有三棵松树。因三松堂名得到许多人的关心,常有人来,有的是从很远的地方,就为了要看一看这三棵松树。三棵松中有两棵高大,一棵枝条平展,宛如舞者伸出的手臂。仲德在时,这一棵松树已经枯萎,剩下一段枯木,我想留着,不料很不好看,挖去了。又栽上一棵油松,树顶圆圆的,宛如垂髫少女。仲德和我曾在这棵树前合影,他坐我立,这是他最后的一张室外照片,也是我们最后的合影。又一棵松树在一次暴风雨中折断了,剩下很高的枯干,有些凶相。现在这棵树也挖去了,仍旧补上一棵油松,姿态和垂髫少女完全不同,像是个小娃娃,人们说它是仙童。

仲德没有看见这棵新松。万物变迁,一代又一代,仲德留下了他的著作和理想,留下了他的爱心。爱心和责任感是连在一起的。我们家中从里到外许多事都是他管,他生病后的第一个冬天,在病房惦记着家里的暖气。他认为来暖气时应该打开暖气上的阀门,让水流出来,水才会通。他在病床上用电话指挥,每个房间依次打开不能搞乱。我们几个女流之辈,拿着水桶,被他指挥得团团转。其实我认为这是不必要的,可是我领头依令而行,泪滴在水桶里……

仲德和我在一起生活了三十五年,因为有了他,我的生活才这样丰满。我们可以彼此倾诉一切,意见不同可以辩论,但永远互相理解,互相尊重。我觉得,只要有他,实在别无所求。但是他去了。所幸的是他的力量是这样大,可以支持我,一直走上火星。

蔡仲德,我的夫君,在那里等着我。

女儿告诉我,她做过一个梦,梦见我们三个人在一起,仲德不知为什么起身要走。我们哭着要拉住他,可是怎么也拉不住。

人生的变化是拉不住的。

哭小弟

飞机强度研究所 技术所长冯钟越

我面前摆着一张名片，是小弟前年出国考察时用的。名片依旧，小弟却再也不能用它了。

小弟去了。小弟去的地方是千古哲人揣摩不透的地方，是各种宗教企图描绘的地方，也是每个人都会去，而且不能回来的地方。但是现在怎么能轮得到小弟！他刚五十岁，正是精力充沛，积累了丰富的学识经验，大有作为的时候，有多少事等他去做啊！医院发现他的肿瘤已相当大，需要立即手术，他还想去参加一个技术讨论会，问能不能开完会再来。他在手术后休养期间，仍在看研究所里的科研论文，还做些小翻译。直到卧床不起，他手边还留着几份国际航空材料，说是“想再看看”。他也并不全想的是工作。已是滴水不进时，他忽然说想吃虾，要对虾。他想活，他想活下去啊！

可是他去了，过早地去了。这一年多，从他生病到去世，真像是个梦，是个永远不能令人相信的梦。我总觉得他还会回来，从我们那冬夏一律显得十分荒凉的后院走到我窗下，叫一声“小姊——”

可是他去了，过早地永远地去了。

我长小弟三岁。从我有比较完整的记忆起，生活里便有我的弟弟，一个胖胖的、可爱的小弟弟，跟在我身后。他虽然小，可是在玩耍时，他常常当老师，照顾着小朋友，让大家坐好，他站着上课，那神色真是庄严。他虽然小，在昆明的冬天里，孩子们都生冻疮，都怕用冷水洗脸，他却一点不怕。他站在山泉边，捧着一个大盆的样子，至今还十分清晰地在我眼前。

“小姊，你看，我先洗！”他高兴地叫道。

在泉水缓缓的流淌中，我们从小学、中学至大学，大部分时间都在一个学校，毕业后就各奔前程了。不知不觉间，听到人家称小弟为强度专家；不知不觉间，他担任了总工程师的职务。在那动荡不安的年月里，很难想象一个人的将来。这几年，父亲和我倒是常谈到，只要环境许可，小弟是会为国家做出点实际的事的。却不料，本是最年幼的他，竟先我们而离去了。

去年夏天，得知他患病后无法得到更好的治疗，我于八月二十日到西安。记得有一辆坐满了人的车来接我，我当时奇怪何以如此兴师动众，原来他们都是去看小弟。到医院后，有人进病房握手，有人只在房门口默默地站一站，他们怕打扰病人，但他们一定得来看一眼。

手术时，有航空科学研究院、六二三所、六二一所的代表，弟妹、侄女和我在手术室外，还有辆轿车在医院门口。车里有许多人等着，他们一定要等着，准备随时献血。小弟如果需要把全身的血都换过，他的同志们也会给他。但是一切都没有用。肿瘤取出来了，有一个半成人的拳头大，一面已经坏死。我忽然觉得一阵胸闷，几乎透不过气来——这是在穷乡僻壤为祖国贡献着才华、血汗和生命的人啊，怎么能让这致命的东西在他身体里长到这样大！

我知道在这黄土高原上生活的艰苦，也知道住在这黄土高原上的人工作劳累，还可以想象每一点工作的进展都要经过十分恼人的迂回曲折。但我没有想到，小弟不但生活在这里，战斗在这里，而且把性命交付在这里了。他手术后回京在家休养，不到半年，就复发了。

那一段焦急的悲痛的日子，我不忍写，也不能写。每一念及，便泪下如绠，纸上一片模糊。记得每次看病，候诊室里都像公共汽车上一样拥挤。等啊等啊，盼啊盼啊，我们知道病情不可逆转，只希望能延长时间，也许会有新的办法。航空界从莫文祥同志起，还有空军领导同志都极关心他，各个方面包括医务界的朋友们也曾热情相助，我还往海外求医。然而错过了治疗时机，药物再难奏效。曾有个别的医生不耐烦地当面对小弟说，治不好了，要他“回陕西去”。小弟说起这话时仍然面带笑容，毫不介意。他始终没有失去信心，他始终没有丧失生的愿望，他还没有累够。

小弟生于北京，一九五二年从清华大学航空系毕业。他填志愿到西南，后来分配在东北，以后又调到成都、调到陕西。虽然他的血没有流在祖国的土地上，但他的汗水洒遍全国，他的精力的一点一滴都献给祖国的航空事业了。个人的功绩总是有限的，也许燃尽了自己，也不能给人一点光亮，可总是为以后的绚烂的光辉做了一点积累吧。我不大明白各种工业的复杂性，但我明白，任何事业也不是只坐在北京就能够建树的。

我曾经非常希望小弟调回北京，分担我侍奉老父的重担。他是儿子，三十年在外奔波，他不该尽些家庭的责任吗？多年来，家里有什么事，大家都会这样说：“等小弟回来。”“问小弟。”有时只要想到有他可问，也就安心了。现在还怎能得到这样的心安？风烛残年的父亲想儿子，尤其这几年母亲去世后，他的思念是深的，苦的，我知道，虽然他不说。现在，他永远失去他的最宝贝的小儿子了。我还曾希望在我自己走到人生的尽头，跨过那一道痛苦的门槛时，身旁的亲人中能有我的弟弟，他素来的可倚可靠会给我安慰。哪里知道，却是他先迈过了那道门槛啊！

一九八二年十月二十八日上午七时,他去了。

这一天本在意料之中,可是我怎能相信这是事实呢！他躺在那里,但他已经不是他了,已经不是我那正当盛年的弟弟,他再不会回答我们的呼唤,再不会劝阻我们的哭泣。你到哪里去了,小弟！自一九七四年沅君姑母逝世起,我家屡遭丧事,而这一次小弟的远去最是违反常规,令人难以接受！我还不得不把这消息告诉当时也在住院的老父,因为我无法回答他每天的第一句问话:“今天小弟怎么样?”我必须告诉他,这是我的责任。再没有弟弟可以依靠了,再不能指望他来分担我的责任了。

父亲为他写挽联:“是好党员,是好干部,壮志未酬,洒泪岂只为家痛;能娴科技,能娴艺文,全才罕遇,招魂也难再归来!”我那唯一的弟弟,永远地离去了。

他是积劳成疾,也是积郁成疾。他一天三段紧张地工作,参加各式各样的会议。每有大型试验,他事先检查到每一个螺丝钉,每一块胶布。他是三机部科技委员会委员,他曾有远见地提出多种型号研究。有一项他任主任工程师的课题研制获国防工办和三机部科技一等奖。同时他也是六二三所党委委员,需要在会议桌上坦率而又让人能接受地说出自己对各种事情的意见。我常想,能够“双肩挑”,是我们五十年代至六十年代初期出来的知识分子的特点。我们是在“又红又专”的要求下长大的,当然,有的人永远也没有能达到要求,像我。

大多数人则挑起过重的担子，在崎岖的、荆棘丛生的、有时是此路不通的山路上行走。那几年的批判斗争是有远期效果的。他们不只是生活艰苦，过于劳累，还要担惊受怕，心里塞满想不通的事，谁又能经受得起呢！

小弟入医院前，正负责组织航空工业部系统的一个课题组，他任主任工程师。他的一个同志写信给我说，一九八一年夏天，西安一带出奇的热，几乎所有的人晚上都到室外乘凉，只有“我们的老冯”坚持伏案看资料。“有一天晚上，我去他家汇报工作，得知他经常胃痛，有时从睡眠中痛醒。工作中有时会痛得大汗淋漓，挺一会儿，又接着做了。天啊！谁又知道这是癌症！我只淡淡地说该上医院看看。回想起来，我心里很内疚！我对不起老冯，也对不起您！”

这位不相识的好同志的话使我痛哭失声！我也恨自己，恨自己没有早想到癌症对我们家族的威胁，即使没有任何症状，也该定期检查。云山阻隔，我一直以为小弟是健康的。其实他早感不适，已去过他该去的医疗单位。区一级的说是胃下垂，县一级的说是肾游走。以小弟之为人，当然不会大惊小怪，惊动大家。后来在弟妹的催促下，趁工作之便到西安检查，才做手术。如果早一年有正确的诊断和治疗，小弟还可以再为祖国工作二十年！

往者已矣。小弟一生，从没有埋怨过谁，也没有埋怨过自己，这是他的美德之一。他在病中写的诗中有两句：“回首悠悠无恨事，丹心一片向将来。”他没有恨事。他虽无可以彪炳史册的丰功伟绩，却有一个普通人的认真的、勤奋的一生。历史正是由这些人写成的。

小弟白面长身，美丰仪；喜文艺，娴诗词，且工书法篆刻。父亲在挽联中说他是“全才罕遇”，实非夸张。如果他有三次生命，他的多方面的才能和精力也是用不完的；可就是这一辈子，也没有得以充分的发挥和施展。他病危弥留的时间很长，他那颗丹心，那颗想让祖国飞起来的丹心，顽强地跳动，不肯停息。他不甘心！

这样壮志未酬的人，不止他一个啊！

我哭小弟，哭他在剧痛中还拿着那本航空资料“想再看看”，哭他的“胃下垂”“肾游走”；我也哭蒋筑英抱病奔波，客殇成都；我也哭罗健夫不肯一个人坐一辆汽车；我还要哭那些没有见诸报章的过早离去的我的同辈人。他们几经雪欺霜冻，好不容易奋斗着张开几片花瓣，尚未盛开，就骤然凋谢。我哭我们这迟开早谢的一代人！

已经是迟开了，让这些迟开的花朵尽可能延长他们的光彩吧。

这些天，读到许多关于这方面的文章，也读到了《痛惜之余的愿望》，稍得安慰。我盼“愿望”能成为事实，我想需要“痛惜”的事应该越来越少了。

小弟，我不哭！

一只小蚂蚁的敬礼

衔一粒沙再衔一粒沙

——在《南渡记》《东藏记》研讨会上的发言

《野葫芦引》的开头是很久远的事了。从五十年代起，我就想写一部反映中国读书人在抗日战争时期的生活的小说。那个时候因为客观条件不允许，没有时间和精力来写这样大部头的书，主观上也不成熟。现在想想很庆幸那时没有写，而是放在八十年代。这个时候我可以用自己的眼光来看待事物，做出判断，才有了这几个不算太不像样的“野葫芦”。

应该说我很幸运，我写的其实是大家的生活，是很多人的生活。是我的许多亲戚朋友和熟人在我的记忆之井里添满了活水，然后我才有丰富的材料来写作。

他们从生活的那头走来帮助我。比如我的老朋友立雕同志记性很好，抗日战争时期我们有共同的经历，他给我讲了许多日军轰炸的细节；书中提到赶马帮是受到陈岱孙先生的启发；说要“把学校搬到地图上找不到的地方”是邓广铭先生告诉我的。我就像一只蚂蚁衔一粒沙再衔一粒沙，当然，这不只是堆积，而是要把它们调和塑造。这倒是用上了那句话，“再抟再炼再调和，我中有你，你中有我”，真是费尽了心血。我要提醒的是，小说不过是小说，深究起来，七宝楼台也成碎片。当然，如果说是一座楼台的话，人们并不需要去研究一木一石，可是有这一木一石，才能塑造出艺术的世界。对于每一位在我的记忆之井的活水里加上一点一滴的朋友，我都怀着衷心的感谢，在大家的帮助下我才写出了这本书。

我也要感谢人民文学出版社，这部书二十年前就是人民文学出版社约稿，从老一代韦君宜等领导到现在的领导都很关心。八十年代初，君宜同志对我说：“你现在到了可以写长篇的阶段了。”现在想想，这真是一句不简单的话，对于一个作者，她可以看出你现在到了可以写长篇的阶段，一位出版家关心着作者的发展阶段，是何等的眼光和气度。

从《南渡记》出版到今年《东藏记》出版，已过去了十三年，十三年是一个很长的时间，一年级的小学生都考上了大学。在这样长的日子里，有时完全看不到交稿的希望，而人民文学出版社从来没中断和我的联系，他们耐心又细心，让我感到的只有关心而没有压力。我的眼睛不好，不能通读校样，稿子交给他们，我完全放心。

许多朋友都惦记着这部书，我要在大家的关怀下继续写下去。写到现在日本鬼子还没有打出去呢，若停了，可怎么甘心。希望我的身体争气，不要辜负这份关怀。

评论家和读者是作者的知音，要是没有这种知音，高山再高，流水再长也不会有效果。过去大家给了我很多鼓励，我要说的只有四个字：“谢谢大家！”这是我最想说的衷心的话。

说虚构

一九四七年，我写的第一篇小说，刊登在天津《大公报》上，内容是编造的爱情故事。现在这篇小说找不到了，它的价值不大，并不让人太遗憾。有趣的是这篇小说的题目，可以提一提。这题目用的是法文“A. K. C.”。当时我正在上大学，法文是我的第二外国语。

“A. K. C.”是 ā casser 的谐音，意思是打碎它。小说中男主角送给女主角一件瓷器，上面刻着“A. K. C.”，但是女主角舍不得打碎它，就没有得到藏在其中吐露真情的信。两人错过了，成为终身之恨。

如果我编短篇小说集，列出目录，第一行出现的会是法文。

小说给读者带来的艺术世界是无可比拟的，不可替代的。电影电视的艺术世界是由视觉、听觉固定了的，不像文学作品，通过文字，为读者鼓起想象的翅膀。譬如中国最伟大的小说《红楼梦》中的人物，每个读者心中都有一个版本，若固定在一个演员身上，是很难让人觉得像自己心中那一个的。小说永远会有人读，写小说的人永远会有事干，不至于失业。

不过似乎存在这样的现实：小说愈来愈难写了。读者的要求愈来愈高。许多人觉得与其看那些胡编乱造的小说，不如看纪实的文学，还可以多得些东西。小说得有虚构，创造出不同于现实世界的艺术世界。便是这虚构，实在很难。

一位英国评论家说小说是蒸馏过的人生，形象地说明了小说从生活里来，而又不是原样照搬，是经过艺术加工得出的人生的精髓。我们大概都有这样的经验，即写纪实的文学比写小说容易（当然写纪实文学需要的本事我很佩服，如采访）。虚构不是凭空乱编，而是很难很难的创造。写五千字的纪实文学，可能要五万字的材料，经过取舍剪裁得出。写五千字的小说，就不止需要五万字，便是五十万字也不行的。它需要用一个人毕生的经验、知识、见解把要写的一点东西搅拌、熬煎、锤炼，再抟再炼再调和，然后虚构出五千字来。虚构需要基础，要有生活的源泉，有这源泉，才能蒸馏。《红楼梦》里贾宝玉看见一间屋子里挂着这样的对联："世事洞明皆学问，人情练达即文章。"连说这屋子住不得，以为世事洞明人情练达是俗不可耐的事。我一直以为若写小说，倒是很需要这两句话，这是对社会对人生的了解。对社会对人生有深刻的了解，才有生活的源泉。虚构的第一要义，其来源，恰恰不是虚构，而是现实人生。

无论哪个国家的小说，都是从简单的形式逐渐发展的。

中国小说最初离不开神话。汉代有神仙传之类的作品，六朝有志怪小说，记叙鬼神奇闻异事，都很简短，不过把听到的事记下来罢了。唐代兴起传奇，则开始有意识地作小说，也就是不只记录，而有作者的虚构。宋元话本，深入街巷，影响很大。在这基础上，明清人情世态小说发展起来，蔚为大观，创造出虚构的艺术世界。如果没有以前小说的变迁和发展，就不会有后来小说的世界。曾有一个笑话，说一个人吃馒头，吃了一个不饱，又吃了一个还不饱，吃了第三个，觉得饱了，就后悔说，早知道吃第三个能饱，前两个就不吃了。文化是一条源远流长的河，是不能割断的。我们现在写小说，也必须从世界文化——特别是自己祖国的文化取得滋养。只有生活是不够的。现实生活是无字天书，文化修养是有字人书，缺一不可。

虚构从有字人书中得到什么？我想所得可分为实和虚两方面。就实的方面说，读书得到知识。人不可能有那么多的直接经验，从书本可得间接经验。书本知识不可能成为创作的材料（我信奉生活是创作的唯一源泉这句话），却能够激发联想。唐人李公佐著小说《李汤》，写淮涡水神无支祈是一猴状怪兽，鲁迅认为孙悟空是从无支祈而来。可以想象《西游记》作者知道有这一猿猴形象，受到启发，然后赋予它唐僧大徒弟——人的性格，齐天大圣——神的本领。无支祈就是那前面的两个馒头。就虚的方面说，读书能帮助作者提高蒸馏人生的技术。各种写法可以借鉴，这和从零开始是不一样的。

五十年代始，我们很害怕前面的馒头，总是拿了放大镜要找出它们的毒素。到后来就把世界文化统统批倒，特别是和我们自己的文化分了家，使我们的文学受害最大。我们本有几千年文明，思想宝库，人物画廊，取之不尽，用之不竭，可是硬使自己变得两手空空，成为一无所有、缺少根基的流浪汉。想只吃第三个馒头就饱是不可能的，于是只好处于饥饿状态。

现在年轻的作者们大概没有人再拒绝文化的滋养了。有字人书和无字天书这两本大书，应该两手抓，两手都要硬！

这些关于虚构的要求，也是文学创作的一般条件，老生常谈。虚构需要的另一条件，那是一只打火匣。安徒生有一个童话，说一个兵得到一只打火匣，一擦火，可以得到想要的一切。每一个作者都天生带着这打火匣，其中最主要的是丰富的想象力。有想象力，才能虚构，才能创造。如果作者本人没有想象力，无支祈也引发不出孙悟空。小说的世界是虚构的世界，也可以说是想象的世界。在想象活动中，需要能够设身处地。作者愈是能设身处地，悲书中人之悲，喜书中人之喜，则其描绘愈能动人。小说通过人物活动、事件发生等给我们描绘的世界看来是已知，实际更重要的是未知，又用作者自己那个独特的打火匣照亮人生未知中的可知。过去写小说有人提出八个字的要求："情理之中，意料之外。"意料之外说的是不落俗套，情理之中说的是依照生活的规律。从已知到未知而揭示可知，必然落实到生活的基础上。

小说的虚构可以写一本书，不过我觉得说怎样虚构比做更难。我情愿具体地蒸馏人生，而把论说怎样蒸馏留给更聪明的人。

让老百姓有书读

读点书的人，一般都“坐”过图书馆。图书馆各式各样，我最关心的是基层图书馆，让老百姓看书的图书馆。

从小到大，我去的第一个图书馆是昆明绥靖路图书馆。那恰是一个基层图书馆，是属于一个区的，藏书不多，可以随便借阅。我家当时住昆明小东城角，暑假里安排的下午活动就是去图书馆。常常是跟着哥哥，有时姐姐也去。大家坐在一条长木凳上借书来读。我主要是读小说。记得读过的书中，有一本名为《兰花梦》，内容和《孟丽君》相似，只是写了女子不管得了怎样的高官厚禄，在家庭中还是受虐待，可谓新观点。《平山冷燕》似乎也是那时读的。前几年到昆明，小东城角大变样，那图书馆也找不到了。我相信已经有更好的图书馆。

河南唐河县图书馆，据说在同级图书馆中是名列前茅的。我们曾将百衲本“廿四史”赠它，馆长征求意见，我反复说的是希望书有人看，人有书读。

去过一些美国的社区图书馆。一九八二年去的是匹茨堡上克莱尔图书馆。借阅方便，而且有很多的唱片和音乐方面的书籍。人不多，非常安静，那都是附近的居民，在认真地读书。外借的手续也不烦琐。一九八九年曾去旧金山附近的快乐山图书馆，规模比上克莱尔的小一些，人显得多一些，但同样提供了足够舒适的条件。我在那里很快找到了要找的工具书。一九九五年曾去堪萨斯州中一个县的区图书馆，那里不仅书很多，全部开架，还可以出借各种录像带。可能是因为过了十几年，各种设施更完备了。这也许超出了图书馆的职责，但却充分满足了附近居民的需要。在这些图书馆中，看见柔和的光线照着琳琅满目的书籍，我总想起一个年轻人。

约在七十年代中期，大家刚刚可以在“红宝书”之外读一点书来丰富自己的思想和灵魂。有一天，一个瘦削矮小的年轻人来访，目的是谈一谈读书。我想我对他不会有什么启发，而他却给我很大的触动。他生活在不算偏僻的村子里，附近没有书。他就走一二十里路，到最近的图书馆去看（也许是洛阳，还是洛阳附近的县）。书不能外借，他只能天天去，连夜赶回。他当时特别想看狄德罗的《拉摩的侄儿》，我答应买到就寄给他，可是我没有做到。这使我感到歉疚，而且是不可弥补的了。在茫茫人海中，这年轻人不知流向了何方。根据这件事，我写了一篇童话，题目是《星之泪》，写一个年轻人为了读书，在夜路上奔波。我让星星照亮他的路，并且挂在他的窗棂上，陪伴他入睡。

让年轻人能有书读，不必奔波，最好的办法就是多办基层图书馆。这个瘦削矮小的年轻人应该有权利坐在舒适的图书馆中，或者借书回家，过一个愉快的夜晚。当然，最好很多人都有去图书馆的习惯，只要愿意读书，就有书读。

每个人都有自己的梦。我的梦很多，有的大，有的小，其中之一就是让老百姓有书读。

有感于鲜花重放

《重放的鲜花》这书名，使人百感交集。

鲜花，本应盛开，开到如云似锦，喷火蒸霞，然后按照自然规律落入大地，化作春泥，更育来者。鲜花，而需要重放，这是多么沉痛的悲剧！为什么当时不能开个畅快呢？为什么被当作毒草刈去，还要备受折磨呢？为什么这种施之于鲜花的虐行能够通行无阻呢？无阻到后来，不要说鲜花，连一瓣小叶芽儿也要放在显微镜下检验毒性，只有落得个白茫茫大地真干净了。

每个花朵本身，完全可以宽宏地忘记一切不愉快，只记得重放的幸运。而从历史的角度看，难道不该把悲剧的原因仔细探讨，总结清楚，铭记心头，引为教训，以避免历史重演么？

因为有了重放的鲜花，不由人联想到是否还有应放未放的奇蕊，或还有应重放未重放的异葩。过去的总是过去了，总要攀住过去的不通达的人毕竟不多。最让人关心而且担心的是，将来还会不会有鲜花需要重放？若要让花朵盛开，必须有真正的创作自由，若要有创作自由，我想可能需要一种政治上的大度。这里且不说高度的民主，只说大度。要容忍那望之不似鲜花之物，还要容忍那望之竟似毒草之物。因为只有时间和人民，能够评定究竟何者为鲜花，何者为毒草，何者为渣滓——或什么也不是。这是老生常谈了。当然，我这里说的是艺术。一些诲盗诲淫根本算不得艺术的东西，不在此列。而在需要大度时，这种精神还是太少了。

政治上的大度来自以平等态度待人，来自从内心里承认人人平等，在真理面前人人平等，在艺术、学术面前人人平等，在国法党纪面前人人平等。可怜这一简单真理，我们讨论了几十年！我想，现在完全有理由希望把它付诸实现，不再需要几十年了。

我希望以后的鲜花都能及时盛开，不需重放。希望重放的鲜花永远成为中国当代文学史上稀有的奇迹。奇迹是不需要重复的，鲜花重放，一次足矣。

冷暖自知

近来常常奔走医院，在各种药物中，有两个中药方给我极深的印象。一个方子出自一位无名老中医之手，服药后颇觉轻快。另一个方子是位中年医生开的，服药后不大舒服。曾将后者给老人看，他笑笑说："这方子意思是对的。"

于是联想到写文章。前者像一篇融会贯通、舒卷自如的文字，后者像一篇文法正确但是堆砌生硬的文字，效果就完全不同了。其实岂止写文章，读书、做学问，以至做人处世，各种事物间都要融会贯通，方臻上乘。只是要融会贯通，谈何容易！《神曲》中说："我刚从天庭回来，那里有无数名贵美丽的珠宝，但没有人敢把它们带出，那美妙的歌声呵，若是自己没有双翼飞去倾听，只向来人探问消息，如同问着哑子。"

任何境界，都无法向来人探问消息，只好靠自己一点点去融会，一步步去贯通。真是如人饮水，冷暖自知了。

很想请老中医长期治疗，因他上"随意班"，我没有时间精力去诊察，也就无缘得见。

希望明年始，多有些好缘分。

道　具

今年七月十四日入伏，十分闷热。天气预报天天有雨，却总没有下透。人好像腌在什么罐子里，腻搭搭的不舒服。

在一位老学者家任秘书多年的老友可能因年事渐长，受不了这天气，邀我代他工作两个月。我很高兴，一方面愿意亲近这位老人，一方面也因我还受得了这天气，可见比人强，不免得意。

老学者面色紫红，双目凹陷，据某人类学家推测他有犹太人血统。一副银髯飘在胸前，颇具仙风道骨。我坐在他身旁，记录他口授的字句，那高妙的思想带来清爽的凉意。

有人敲门。应门是我的事。

来人是某地政府代表，态度质朴诚挚，请老人为家乡题字。拿出一堆“龙腾虎跃”“日新月异”等等的标语口号，供老人参考。

“你大概也是有文化的人，帮着选一选。”来人客气地对我说。

老人素来热爱家乡，这样有意义的事自不能拒绝。我记下需做的事，宾主在融洽的气氛中分手。

又有人敲门。我去开门时想，应门该有三尺之童，我已年届花甲，这样跑来跑去，可谓没有出息。

来人乃外籍华裔学者，在电话中联系过的；但他带了三个人来，却无人知道。三人中有一位少年，是某地记者，何报何社何杂志不清楚，说他要写一篇访问记。

“您多大了？”记者发问，“都写过什么书？”

老人不知听见没有，发了一会儿呆。

“我和中央各领导都有联系，有什么问题可以帮助解决。”少年好心地说。他很善良，毫无疑问。

老人求助地望着我，我不能不声援，说明老人无意接受采访，也不想和哪一位领导联系。这回轮到少年记者发呆，海外学者不悦之色笼罩全室，于是不欢而散。

我想老人该严厉些，不愿做的就大声说：“不！”那很难，我知道。

又坐下来，准备享受那思想的清风时，又有人敲门。我这时不只委屈，简直是愤愤了。

来人曾有一面之缘，姓李，是曰老李，来的目的是拍电视。说话间，面包车拉着器材已到门前。老人说，这么远来，硬拒绝也不好，就拍吧。

时间倒是不长。老李做节目主持人，怀抱可爱的女儿与老人对话，实际上对老人说话。

“您的眼睛看不见，稿子是由助手代写的。”老人听不清，无法纠正。助手只是记录，岂能代写！

“最近好几位老专家都去世了，”他举了好几位先生的名字，包括前几年过世的，“您要保重。”

老人没有说话。他当然知道人总会死的，不用人提醒。这样，就算拍完了。老李放下女儿，毫不客气地让我带她去上厕所。

一切结束，他们还不走，要与老人合影。几个人都站好了，老李让孩子把手搭在“爷爷”肩上。我忽然觉得老人很可怜，像照相馆中的木马或彩色戏装一样，是个大道具！

你这样睿智博学，难道不能说一个“不”字么？

老李布置好了，让我按快门。

我瞪起眼睛，说：“不！”

不！我说了，一面欣赏自己的勇气。

1988 年 7 月 7 日

偶检旧箧，断简残篇中忽得一完整之旧稿，此罕事也。文为有感而发，语气托以他人，仍恐不妥，遂置之。如今先君逝世已经三年，欲有种种骚扰，不可得矣。

客有可人

这天天气很好。我想在客厅摆些花。五月初，花不少，插两枝丁香或几朵月季就可以添许多生气。可是似乎到客人来了，花也没有插上。

客人是英国人。一位是多丽斯·莱辛，根据报上的称呼，她是一位文豪。另一位玛格丽特·德拉布尔，则是著名作家。同来的还有德拉布尔的夫婿麦克尔·霍罗尔伊德，是传记文学作家。两位女作家的大名我当然知道，但没有读过她们的书。九年前访英时她们不在伦敦，未曾谋面。这次得知她们要来访我，心下是有几分诧异的。

《中国大百科全书·外国文学卷》中有莱辛小传。她一九一九年生于英属伊朗，童年时全家迁到英属罗得西亚。一九四九年才返回伦敦定居。对于祖国来说，她是一个异乡人，一定会有很多不寻常的感受。卷中说，她写作题材广阔，富有社会意义。西方有的评论家认为，莱辛是当代英国最优秀的女作家，堪与简·奥斯丁和乔治·艾略特媲美。她的作品有《青草在歌唱》《天狼星的试验》《优秀的恐怖分子》等数十种。在向百科全书讨教之余，我记起有人送过我一本莱辛的短篇小说集《习惯的爱》（抑或《爱的习惯》?），为了领略文风，很想找来翻一翻，但是书籍一入风庐，向来难以寻觅，于是临时的佛脚也没有抱成。

德拉布尔是一位女性文学的现实主义作家，著有《光辉的道路》《自然的好奇》和《象牙之路》三部曲等书。由于文学上的成就，已被封为英国勋爵。她生于一九三九年，一家人都毕业于剑桥大学。我在伦敦时倒是见过她的姐姐安托尼亚·勃雅特，也是一位小说家。她们的妹妹海伦是艺术史家，弟弟理查德是一位法官。关于玛格丽特·德拉布尔的介绍，总是全家出动的。

她们进了院门，从小径上走过来了。莱辛是一位瘦削的小老太太，满头银发。德拉布尔则较高大，看去不像年过半百。英语系教授陶洁陪同前来。她们刚刚在英语系会见学生，讲了英国文学情况。

坐定后献茶。这时莱辛对我说："我不喝印度红茶。"我一愣，顿时想起贾母不喝六安茶的声明，想来这是老年人的情性。当即回答说我这里没有印度红茶，我们喝的是北京花茶。"茶叶用茉莉花熏过的。"陶洁的英语极流利。

茶过三巡，话也说了不少。她们所以来访，原来是因为读了我那篇小说《鲁鲁》（见于《1949—1989 中国最佳短篇小说》）。这书是中国文学出版社编选出版的，前面有李子云序。

全书无论从哪方面看都很好，子云的序也很精彩。最令我高兴的是《鲁鲁》的译文，除一些小地方不够准确（谁也难免）外，颇为传神。好几年前，澳大利亚一家出版社出版了一本中国女作家三人集《吹过草原的风》，内有《鲁鲁》，译文较为生硬。有的翻译更看不出原作面貌了。《最佳短篇小说》中《鲁鲁》的译者是克利斯朵夫·司密斯。

她们说她们喜欢动物，也喜欢写动物的作品。奇怪的是她们没有读过屠格涅夫的《木木》。话题转到英国文学，说起哈代。莱辛说她喜欢哈代，最喜欢《无名的裘德》。我想我最喜欢的是《还乡》，其中游苔莎一心向往大城市的心态，现在若重读，定会有新的感受。

她们去过了八达岭。莱辛说那一条路很像意大利（希望我没有记错）。她问我写不写长篇小说，我说写的。她说希望早读到，可得找个好翻译。她的小说《金色笔记》已译成中文，我没有勇气替她看看文笔如何，以前读书读稿一目数十行，随意间就完成，现在数行之后眼睛就发花，想看也看不见了。

话题转向了德拉布尔。我说你们家很像勃朗特姊妹一家，三姊妹都写作，有一个兄弟。她笑起来，说："大家都这么说。可是我们的弟弟比她们的强多了。"勃朗特家的男孩游手好闲，有人请客，常找他陪着说话，类似清客一流人物。说话间，德拉布尔送我一本图文并茂的书《作家的不列颠》，其中有许多作家故居和他们吟咏描写过的景物。莱辛也拿出书来，但并不送我，而是交给陶洁，赠英语系。当然这样读这书的人会多得多，是好办法。两个多月后，莱辛从伦敦寄了书来赠我，书名《伦敦观察》，是一本短篇小说集，内容多为自己成为祖国的异乡人这类感受，正是我关心的。

霍罗尔伊德不只写传记，还做了许多组织工作，曾任英国作家协会主席、英国笔会中心主席。他话不多，显得很谦逊。在座的还有英语系教授陈瑞兰，她翻译了多篇安格斯·威尔逊的小说。客人们希望见她，可能也希望她多译些英国作品吧。

过了几天，数理逻辑专家兼哲学家王浩教授偕夫人哈娜来访。王浩兄留了胡子，须发灰白，若在路上相遇，一定认不得了。他的成就是大家熟悉的，于此不多赘。他们从美国来参加北大校庆，特别是数学系系庆，后在勺园小住。哈娜是捷克人，思路活泼敏捷，说的英语很悦耳。我觉得她很可爱。她说她到北大来，只想见一个人，可惜见不到了，那就是我的父亲——冯友兰先生。人见不到，还可以看看三松，看看遗著，看看我，于是来到三松堂。哈娜说她最喜欢《中国哲学简史》这本书，我们马上互引为同调。我素以为《简史》是一本出神入化的书。写这书时，父亲已有哲学史方面的研究成绩，又创造了自己的哲学体系，两卷本《中国哲学史》和“贞元六书”俱已流传。《简史》将两方面成就融会贯通，深入浅出，内行不觉无味，外行不觉难懂。还有经过卜德教授润饰的英文，可谓清丽流畅。哈娜还喜爱文学，对莱辛、德拉布尔的作品都很熟悉，也说起勃朗特姊妹。人处五洲，肤色各异，可是谈起来都很了解。世界真像个大家庭。

座间还有清华学长唐稚松。他一九四八年到香港，我父亲写信叫他回来，他就回来了。唐兄现任中科院学部委员，一项研究成果获国家自然科学一等奖，为国家人民做出了贡献。除是科学家外，他还是诗人，旧诗格调极高，有“志汇中西归大海，学兼文理求天籁”之句。一九五一年陈寅恪先生曾专函召他赴穗任唐诗助教，可见其造诣。他因另有专长，未能前往。

和王、唐两位谈话，每觉有新趣。他们都是“志汇中西”“学兼文理”的人物，聚在一起，真是难得。遗憾的是，说的话我渐渐不懂了，虽用心听着，还如在五里雾中坐地。

八月下旬，美国女学者欧迪安来访。她是冯学研究专家，最近将几篇研究冯学的论文译成英文，自己写了一篇洋洋洒洒的序，将在美国出版。她极赞赏父亲对郭象的见解，屡次提到。我乃赠以一本冯氏英译《庄子》，其中有一篇专论郭象的文章。她真是大喜过望，如获至宝。她这次要查清冯著每一本书的出版年月，十分认真仔细。有一本书一时找不到，她辗转问过许多人，那晚深夜又问到我这里，经过补充的线索，终于查清。

我还想起另一位女学者，日本的后藤延子。《三松堂全集》中有的文章是她在日本找到的。她也是不肯有一点马虎的，对我们有些学者大而化之的作风频频摇手兼摇头。《三松堂全集》总编纂涂又光曾慨叹道："若不认真努力，愧对延子。"

坚忍执着，知其不可而为之，本是我民族精神的重要组成部分，现在似乎是要渐渐融化在滔滔商海中了。不要说皓首穷经，就是肯安下心来坐一坐冷板凳的人也愈来愈少了。

然而总有希望。我想起另一位来访者。

七十年代末，大家刚刚可以随意走动，三松堂来了个李姓青年人，年纪不过十八九岁，家在河南某县农村。他来的目的，是谈谈读书。他非常喜欢读书，村里无书，便每天步行数十里路，到地区（似是洛阳）图书馆去读书，回家往往在深夜。我后来根据他的谈话写了童话《星之泪》，写星星为一位好学的年轻人照亮路程。他的读书范围很广，除中国经典书籍外，那时正在读西方启蒙运动时的著作。他很想读狄德罗的《拉摩的侄儿》，却找不到。我发愿若买到一定寄去。我把他的地址姓名的纸条放在砚台里，过了好几年，纸条终于不见了。

那年轻人后来不知读了多少书，又不知走上了哪一条生活之路。我想，在读书做学问的道路上，总会有更年轻的人跟上来的。

《铁箫人语》题记

我家有一支铁箫。

那是真正的铁箫。一段顽铁，凿有七孔，拿着十分沉重，吹着却易发声。声音较竹箫厚实，悠远，如同哀怨的呜咽，又如同低沉的歌唱。听的人大概很难想象，这声音发自一段顽铁。

铁质硬于石，箫声柔如水；铁不能弯，箫声曲折。顽铁自有了比干七窍之心，便将美好的声音送往晴空和月下，在松荫与竹影中飘荡，透入人的躯壳，然后把躯壳抛开了。

哦，还有个吹箫人呢，那吹箫人，在哪里？

宗璞文学创作六十年座谈会答谢词

看到这么多朋友光临这个会，听到大家十分温暖的讲话，我心里充满了感激。我的一首词中有两句“托破钵，随缘走”，我觉得自己就像托破钵化缘的僧人。我的写作是生活给予的，是社会给予的。我在平常的生活里更是得到很多的、具体的帮助，在座的朋友们几乎没有未给过我帮助的。怎么能不感觉到温暖，怎么能不心怀感激呢？

说到创作六十年，我深感惭愧。从一九四七年，我发表第一篇作品《A. K. C. 》起，那时是十九岁，今年我七十九岁，算是六十年了。《A. K. C. 》发表在天津《大公报》，后来又接着写了几首短诗，再后来就停顿了。一九五七年发表《红豆》以后，和大家一样，有一段长时期的搁笔，算了一下，是十四年。我曾经有一首小诗，第一句就是“钝笔尘封十四年”。在以后的时间里，也是断断续续，要关心的事情太多，很少集中精力写作。所以说创作六十年，实在是非常惭愧，实际说起来，充其量也就是二十年吧，也许是十几年。我曾称自己为“四余居士”，因为居士不出家，始终保持业余身份，业余的佛门弟子，那么我是业余作者，正好用“居士”这个称号。四余者，运动之余，工作之余，家务之余，和病魔做斗争之余。在这些“余”中，写了这些作品，也实在是很努力了。我的姑母冯沅君，有一部书，称为《四余诗稿》，也很惭愧，我从来没有见过这本书。我真想起姑母于地下，问一问她的“四余”是哪“四余”。据说老年人分几个层次，有年轻的老年人，真正的老年人。现在我已进入耄耋之年，成为真正的老年人。这一阶段可以说是人生的“余”了，我现在应该称为“五余居士”了。

我收到一封读者来信，是两个年轻人写的。他们说等着看《西征记》《北归记》等得不耐烦了，他们要我“加油！加油!!!”，加油后面打了三个惊叹号。老实说，这油也剩得不多，不过我会努力写，以稍减惭愧之情。

元遗山论诗，有两句话：“诚乃诗之本，雅为诗之品。”这好像是郭绍虞先生总结出来的遗山的意思，不是原话。“诚”“雅”两字，是我一贯的创作追求。许多朋友有很好的阐述。我想，诚，就是说真话，也可以说是思想性。从良知开始到具有思想性，有很长的路。雅，就是艺术性。这个雅并不和俗相对。说真话有好几层，一个是勇气，一个是认识，认识有高下。能认识了，要有勇气说出来。我非常喜欢英国作家哈代，他在《苔丝》第一版弁言中引了圣徒圣捷露姆的话：“如果为了真理开罪于人，那么，宁可开罪于人，也强似埋没真理。”这很有勇气。可是勇气又分两个方面，一个是对外界来说，宁可开罪于人,也要坚持真理;一个是对自己来说,有的时候,没有勇气去看事物的深层;有的时候是看到了又不愿写,不忍写。读伟大作品时,有时有一种感觉,作者对自己很残忍。这是高尚的残忍。

王国维说,能够"感自己之所感,言自己之所言",才能写出伟大的文学。言自己之所言,就是宁愿开罪于人,而不可埋没真理;感自己之所感,就是对事物、对生活,要有自己的看法,独立的见识,这是人格的力量。静安认为宋代以下,有些人能够做到"言自己之所言",而也能做到"感自己之所感"的只有东坡一人。又说屈子、渊明、子美、子瞻都因为有极高的人格,才有极高的作品。如果他们没有文学天才,就人格而说也"自足千古"。没有相应的人格,写不出好作品,这是永远不会改变的。对于文学高峰,我只能心向往之,以为榜样,要想靠近是不自量了。

创作的道路很长,攀登不易,人生的路却常嫌其短,很容易便到了野百合花的尽头。我只能"托破钵,随缘走"。我的破钵常常是满满的,装的是大家的关心和爱护。我再次感谢大家。感谢人民文学出版社、外文所举办,现代文学馆、作家出版社协办的这次盛会。

我的大学毕业论文写的是哈代的诗。几年前,清华大学图书馆一位馆员热心地找到了我的论文,保存得那么好,它让我又想起哈代的诗。最后我来念一首,题目是《路》,卞之琳翻译。

我的面前是平原，
平原上是路。
看，多辽阔的田野，
多辽远的路！

经过了一个山头，
又来一个，路
爬前去，想再没有
山头来挡路？

经过了第二个，啊！
又是一个，路
还得要向前方爬——
细的白的路？

再爬青天不准许，
又拦不住，路
又从山背转下去，
看，永远是路！

一只小蚂蚁的敬礼

时间本来是无始无终的，是人划分了日、月、年、世纪。一会儿过节，一会儿过年，一会儿热热闹闹地要进入新世纪。“天不生仲尼，万古如长夜。”没有人，一切都是没有意义的。

人活着很不容易的。对我这样的老病号，更是如此。我很庆幸，自己过了七十余年还是个活人。我没有什么好的医疗条件，在和疾病斗争中，却曾得到一些医生的帮助，在关键时刻搭救我。我的感谢是深厚长远的。

我活着，就要写作。检点过去的材料，有这么多的亲友帮助我，在我的记忆之井中不断地添注活水。我无法一一列出他们的名字。有些人已经离开这个世界，书夹中业已发黄的纸上留着他们的话语；大多数人仍在辉煌地生活。我们是一个割不断的群体，我想他们能感受到我发自内心的谢忱。

还有读者，那是最有力量的支持者，从来不是很多，但从未断绝，总有延续。这延续对于作者来说是一种福分。

二十世纪，我写完了长篇小说《野葫芦引》的第一、二卷，《南渡记》与《东藏记》。书中人物在等候我写下去，他们也要生存,也要发展。我因目力不佳,写作极为艰苦,就像一只小蚂蚁,奋力搬运沙粒,衔一粒再衔一粒,堆成小丘。在未来的日子里,我只愿安静地当好一只蚂蚁,尽伦尽职,堆好沙丘。人说,你何不用蜜蜂做比喻,究竟有一个酿造的过程。我想,蜜蜂在花丛里嗡嗡地飞,那景象对于我来说是太美好了,蚂蚁的比喻也许更为合适。

一切创造生活的人,请接受一只小蚂蚁的敬礼。